U0612276

你是你最好的明天

张西 著

北京联合出版公司
Beijing United Publishing Co.,Ltd.

The best of you is yet to come

二十三岁，
从天真到认真

　　"出书"这两个字加在一起共有九画。我写了超过十年，尽管我只有二十三岁。而在开始回顾这十年的出书前夕，我才深刻感受到这十年里有太多的感谢和收获。

　　三月的台湾要进入春天了，下午五点半，天有些昏暗，下着一点点雨，我坐在自己很喜欢的角落，是一家有落地窗的咖啡厅。我点了一块香蕉蛋糕和一杯拿铁。不对，我已经不能再点拿铁了，医生说，我不能喝咖啡，那会引起大量的胃酸，让我晚上无法好好入眠。可我还是偷偷地点了，在告诉自己一定要把书稿完成的这天。还好店员不知道这个秘密，不知道我不能喝拿铁，不知道出书在即的我的兴奋。

　　我不知道"出书"这两个字对他人而言是什么，也许有些人视为梦想，也许有些人觉得不以为意，但对我而言，出书，是我对自己的一个期许。而在这个世界上关于期许的事情，总有很多复杂的情绪。就像现在，在把书稿完成后的此刻，我几乎是坐立难安，无法好好地打字，甚至选不到一首能陪我敲敲键盘的歌。

十年，这样的数字，像一个通俗的粉饰，可是在我心里，却总让我甘心把自己陷进这样的时光里，好好地回想一遍又一遍，尤其在此刻。

十年前，约莫是二零零六年吧，我十三岁，上初中一年级。

当时《哈利·波特》正红，奇幻小说如果在古代的文人茶馆里，应该可以称得上显学，网络上有各式各样的平台、论坛，人们争先写着奇幻小说，我也不例外。不知道是不是这样，才使得我的成绩不好。当我和朋友一起走进文具店，买下同一个笔记本，他写的是上课笔记，我写的却是毫无逻辑可言的小说。我甚至曾幻想着，我能不能成为全球最年轻的小说家，我也想像 J.K. 罗琳一样有一个自己创造出来的故事，我也想要有属于自己的书。

时代的转变，常常也会改变一个人对自己的期待与定义。

二零零八年，"无名小站"变成台湾最流行的个人平台，升上高中的我因为上国文课时老师的推荐，开始读简媜和张爱玲的书，我的无名小站里已经几乎没有小说的踪迹，一篇一篇不成调的网志，向着散文的方式书写。当时我还是着迷于故事的，但自己写的渐渐不是了。而我仍向往着有一本自己的书，写的故事不一定值钱，但一定都值得我写。于是一天天、一年年，时代的推移累积成一种变迁，却也筛出了自己的执着。

二零一一年，脸书取代了无名小站，人们的生活圈好像随着科技的进步而扩大，却又像从现实中限缩到虚拟世界里去了。这些日子让我时常这么想着，到底是时代造就了我们，还是我们造就了时代？

二零一五年七月，我收到了一条通过故事贸易公司而找到我的信息。寄件人是三采出版社的育珊。她说："我们想找你聊聊你的故事贸易公司，还有你。"

故事贸易公司并不是一家真正的公司，它是二零一三年年底，我在现在大多数人都在使用的社群平台脸书上创立的粉丝专页，本身并不营利，是我平日里书写的窗口。那么，为什么会出现这样的一家公司？为什么会取这样的名字呢？坐在三采出版社的办公室里，育珊与另外两个专员看着我，我化着不成熟的妆，想要假装得很镇定。可是，天啊，我坐在出版社的办公室里，我真的坐在出版社的办公室里。

尽管故事贸易公司并没有轰轰烈烈的开始，只能算是一个我逃跑的方式，但我还是好难镇定。就好像老天爷终于听见了我的声音，终于，我离自己的期盼又近了一点。

"主要的原因有两个吧。第一个原因是，我想跳脱我原本的写作内容，我想写陌生人，可是陌生人为什么平白无故地要让我写呢？于是我想到可以用一份甜点来吸引陌生人，我需要一个平台可以让我找到陌生人，所以我就创立了一个粉丝专页，开始以一份甜点跟网络上的陌生人交换他们的一个故事。第二个原因是，脸书的出现让人们的阅读习惯改变，简短精练的文字才容易被接收，可是我不想因此改变我的书写方式，我仍喜欢写长长的文章，我不希望被改变，但又怕自己无法坚持下去，而这个专页的出现，让我有一个小角落，不只是让自己能安心地书写，也能督促自己持续创作。"

我用有些发抖的声音和逻辑不大通顺的句子，说着故事贸易公司的开始，还有一切的开始。从奇幻小说，到网志、散文，再到现在写的这些像散文或其他任何文体的文字，老实说，我到此刻都还是无比惊喜的，这就像一场很长的梦，只有一天比一天更努力才有办法不醒来。

"只有一直走在同一条路上，才有办法走到这条路的终点。"

我突然想起妹妹曾经跟我说的这句话，忍不住起了满身的鸡皮疙瘩。如果我在某一个转角放弃了，如果我在某一个夜晚做了另外一个决定，也许，我就不会是现在的我了。

不知道该如何说明自己此刻的心情，育珊前天寄来了书稿中还需要修改的部分，她在最后面说了一些鼓励的话，她说："加油，你的第一个 baby 就要出生了。"写到这里，我忍不住热泪盈眶。也许对很多人而言，这是一件微不足道的小事，但对我而言，这些是多么不容易，是我用了多少个日夜，写了多少年的累积，才有了这样一个小小的开始，我无法不激动。

"你可能会走上一条没有人走过的路，这条路上没有人带领、没有人可以模仿，可是你要继续走下去，用你一开始的信念和热情，一直走下去。其实这就是我们每个人都要碰到和面对的事，越长大，越是自己的事。"

我们在 Dremer38 的地下室签约的那一天，育珊这么对我说。

此刻坐在计算机桌前，我才突然间感觉到自己的步伐是那么沉重，不是因为背着别人的期待，而是要背着比别人还要相信自己的相信，才有办法每一步都走得安心踏实。

　　"当你走得越来越远，要记得，你的努力不是为了讨好世界，而是为了做好你喜欢的事。"那天签完约，一走出咖啡厅，我打给一个朋友，告诉他我拿到了人生中第一张出版合约了，他在电话那头笑着说了声"恭喜"，然后这么告诉我。

　　"生命中最大的礼物就是我们拥有那些爱我们、在乎我们的人，一路上的细细叮咛，能让我们在迷惘中尽管乱了方寸，也不至于失去自己。"

　　所以，此刻我心里鼓噪得最多的情感是感谢！

　　谢谢母亲的相信，谢谢父亲的砥砺，谢谢妹妹们的默默支持，谢谢朋友们的期待，谢谢这些年影响着我的老师，三年、五年、十年，终于我能像成功闯关了那样笑着告诉你们，谢谢你们累积出了这样一个我，谢谢所有的我忘了的和记得的一切，让我有了一个这么美好的开始。初中毕业的时候，一个好朋友对我说："我从来没有停止相信我会在书店里看见你写的书。"不知怎的，想起他的这句话，眼泪就滑下了脸庞，陈宛说："这是感动的眼泪，那表示你是一个很幸福的人啊。"是啊，我是一个如此幸福的人。

所以，再一次谢谢所有的失去和获得，让我成了一个自己所喜欢的、幸福的人。

最后，谢谢三采出版社的育珊、微宣，还有整个营销和美编小组，你们是这本书的最大功臣，我是知道的，这本书不是终点，而是一个开始，我该多庆幸，这样的开始是与你们一起。

幸福会越来越巨大，以平衡未来的日子里免不了的悲伤吧。谢谢这一路上，偶尔懦弱、偶尔勇敢的自己，谢谢你走到了这里，不管将来发生什么事，你都要一直走下去。

当你走得越来越远，

要记得，你的努力不是为了讨好世界，

而是为了做好你喜欢的事。

目录 Contents

Chapter 1

现实的反面就是实现

努力不是为了讨好世界，
是为了做好喜欢的事。

Chapter 2

以爱为名

谢谢你认出了我

有些人一转身就不见了，
你却记得。

Chapter 3

以家为根

当我们老得只剩下彼此

在生命里，第一次是经历，
第二次是回忆，第三次则是忘记。

Chapter 1

以梦为锚

现实的反面就是实现

"努力不是为了讨好世界，是为了做好喜欢的事。"

亲爱的，你要迎合的不是世界，
而是你的快乐、你的无愧于心、
你给自己震耳欲聋的掌声。

你闪闪发亮的眼睛

你闪闪发亮的眼睛，
不是来自别人的、
社会的赞赏或鼓励，
而是来自你看自己的眼光。

你很努力，为一切

你有着丰富的社团经验，团队合作、项目计划、营销企划，样样难不倒你，你很活跃，你以为你所努力的一切也包含了自己，但你忘了自己。你开始不快乐，不想接电话，不想工作，不知道为什么，你的眼睛再也不闪闪发光。

你说，女友离开你，是因为太爱你，她给你百分之两百的爱，但她发现你承受不起，于是选择离开。你不为谁痛苦，却为她痛苦。在爱情里也是如此，你忘了自己。

你说你喜欢旅行——一群人的旅行，因为你能借此看见别人身上的美好和日常生活之外的美好。**我却希望你试着一个人旅行，因为你能看到自己身上的美好。**你担心自己做不到，你开始害怕寂寞，怕一个人出门，怕没有人陪，你想找室友，在台北闹市区三十多平方米的小套房里，你觉得自己一无所有。于是你又忘了，你还有自己。

曾经我们是需要依附爱情而活的小女生或小男生，曾经我们从恋人嘴角上扬的样子看见有迹可循的美满未来。我们一生可以也需要为很多事情而活，不能只为自己，但不能不为自己。你不能害怕，也不要害怕，孤独是因为世界太大，大到让你感觉不到自己，于是你想着原来自己是这般渺小，但是从现在开始，你得开始练习，我们都要练习，练习在浮动的人群和情感里感受自己的重量。

这并不意味着我们要变成自视甚高的人，或是多成功的人，世界上不存在成功的人，只存在成功的"事件"。好比一个人成功地完成了一件创举，在完成的那一刻这件事就结束了，然后他的生命里会有下一个阶段任务等着他，如果下一个任务他搞砸了，那么他就失败了吗？并没有，所以世界上也不存在失败的人，只是我们在每一个阶段选择做了什么、相信什么、想要什么、得到什么或失去什么，这些"什么"串联起了所谓的生活、所谓的人生，或是所谓的令人钦羡的态度与理想状态，如此而已。

所以不要害怕，你要记得，千万记得，你闪闪发亮的眼睛，不是来自别人的、社会的赞赏或鼓励，而是来自你看自己的眼光。任何一个人的一百句安慰都比不上你对自己说一声"加油"。就像昨晚你寄来的自传里，我们一起相信的那件事：我们不可能擅长所有的事情，可是我们可以决定自己面对所有事情的处理方式和态度。

你对生活的态度与掌握生活的方式，就是你的重量。你可以决定自己的重量，但你得先相信自己有重量。每个人都有重量。

好吗？亲爱的，用力地跌倒或寻找，用力地用你闪闪发亮的眼睛去体会、发现世界和自己的丑陋与美丽。然后你会发现，当你用闪闪发亮的眼睛看着世界，你将无所畏惧这一切的丑陋与美丽。

当你拿出所有的努力，不需要为一切，但一定要为自己。

我们不能只为自己，
但不能不为自己。

Chapter 1
以梦为锚
现实的反面就是实现

共　事

善良是一件没有眼睛的武器，
有时候伤害别人，
有时候伤害自己。

敏感有时候痛苦了自己，有时候保护了自己；温柔有时候是一种假面，有时候是一种暴力。

在宏大的梦想或眼光背后，我们的今天，此时此刻，要挑战的都是人大于事。因为愿望都是人盼的，记忆都是人忘的，目的地是除了勇敢，还要懂得人心才能抵达的。

于是在解决事情以前总要先解决人的问题，因为人永远比事来得复杂。

而善良是一件没有眼睛的武器，有时候伤害别人，有时候伤害自己。

温柔有时候是一种假面，

有时候是一种暴力。

世界与苹果派

总之世界太复杂，
做你自己，
也做世故的人。

今天是你毕业后的第二十三天。

你睁开眼，从床上坐起来。终于，你发现自己要与世界接轨了，你措手不及，于是你决定先来定义何为世界。然后你慌了。

你想打通电话给南部的父亲，但你才拿起电话，就告诉自己别打吧，父亲总嚷嚷的橘子园他只会再嚷嚷一次，然后跟你谈零售，谈一年两获，谈十大建设，谈经济起飞，谈他不懂网络，他会说世界变了，变成他不明白的样子。就别打了，你告诉自己。

于是你想问问在政府部门上班的公务员母亲，你的手指在手机屏幕上滑动，在通讯录里找着"娘亲"的字样，无数名字快速闪过眼前的那一刻，你突然不想打这通电话了。母亲的手机还是 2G 网，诺基亚6730，你帮她挑的珍珠白，要问她什么是世界，母亲肯定会说："总之安分守己，总之明哲保身，总之世界太复杂、太黑暗，为你的选择负责，为你的选择快乐，做你自己，也做世故的人。"

你突然懂了，你已经活得比父母复杂。你想问问身边较亲近的教授，然后你又想，还是别了。

因为你发现，没有和你一样的人，每个人的所见、所闻、所感，以及所信与不信都不相同，他谈他的知识与爱情，她谈她的学习与家庭，他谈他的研究与叛逆，她谈她的成功与失败。你发现，世界，只是一个人感性与理性的眼光累积，只是一个人依着过去的种种归纳和望着远方的种种未知的想象。

所以你问不了任何人，你问到的都是别人的世界，那么，你到底要与什么接轨？

永远没有人能精准预测未来

你起身，刷了牙，换上干净的衣服。你还是要去问问教授，甚至想找些朋友聊聊。

因为你明白，尽管那是别人的世界，可到你手里，是你的累积，知识与历史，不就是这么传承的吗？就算世界会改变，就算永远没有人能百分之百精准预测世界未来的样子，你还是想问："世界是什么？"

我突然想起这个故事，突然想吃苹果派，于是就近在麦当劳买了一个，坐在地铁站里打下这个故事。生活继续，情感继续，世界就是这样，每天一点一点地累积与创造吧。像是，今晚我的世界是苹果派一样。

你问不了任何人，你问到的都是别人的世界。

Chapter 1
以梦为锚
现实的反面就是实现

信任自己

就算结果不如想象，
我们也有能力重新开始，
优雅地过另一种
预期之外的人生。

"我知道你就算没有入选，也能把自己的暑假生活安排得很好。"

一个月前，那通越洋电话扎实地安慰了我。

我们太常误会自己只拥有那些看得见的选择，尤其在失去那个选择时；我们太常为了非这条路不可的念头一股脑儿地往前冲，在发现到不了目的地时泣不成声，然后开始小心翼翼地做选择，战战兢兢地思考着更远的未来、更深的自己、更不着边际的欲望，因为好像那样才能为选择铺陈出一种脚踏实地的安全感。

我们都害怕落得一场空

"我在你未来的规划里吗？"她问他，也问自己。

我们害怕去爱，是因为怕这一爱下去，不是唯一。怕计划会被打乱，怕一场空，所以在决定爱以前总是犹豫不前，总是矛盾困惑。但其实，我们应该要相信自己在任何一个人生规划被打乱后有重组生活的能力，于是才可以奋不顾身去爱，放胆地去选择每个阶段最想要的生活、感情和自己。因为就算结果不如想象，我们也有能力重新开始，优雅地过另一种预期之外的人生。

岁月的堆栈让我们翻山越岭蹒跚地来到爱前，累积在肩上的不再是深邃而难解的踌躇，而是温柔而勇敢的果决，认真地相信每一个选择里的自己都是最美好的样子。

小幸运

原来我们要努力成为的人，
是被某些人讨厌着，
却还能活得自在快乐。

在书店买了一些东西，备齐了缺了很久的文具用品，书店店员很制式化地将发票递给我，好像这是他最习惯的动作了，他说买五百元可以换一张刮刮乐，于是我便拿着发票去另一个柜台兑换。

那一张刮刮乐很平凡，上面写着"张张有奖"，最大奖是 iPhone 6s，我想着我的 iPhone 5s 已经频繁死机到练就了我的一副好耐性，于是多么希望我可以中奖。我迫不及待地边下楼边从右边口袋里掏出十元硬币，还没走到一楼，我就把那张刮刮乐上银色的部分刮完——五十元折价券。虽然是早就料想到的结果，但还是忍不住叹了一口气。

大家都是这样吗？我身边购满五百元的人中，有百分之九十九的人都会得到跟我一样奖品的刮刮乐吧。

我们都有别人拿不走的人生

我走过马路，走近马路中间的公交车停靠站，回家的公交车很快就来了，我挥了挥手，从后门上车，坐在最后面靠窗的位置。我喜欢靠窗的位置，我喜欢当我在流动的时候，默默地看着也在流动的其他人。公交车经过师大夜市的路口，有一群年轻的面孔在等红绿灯，我看着他们，又纳闷了一次，这里面会有多少人幸运地抽到iPhone 6s 呢？

路口有一个鬈发、戴眼镜的男生，他没有跟朋友们打闹，只是说了几句话，然后看向远远的地方。他在想什么呢？还是他什么都没有想，就只是想在生活里喘口气？他会幸运地抽到 iPhone 6s 吗？

我看着他的脸，突然觉得，对他而言，抽到 iPhone 6s，真的是幸运的吗？或者说，得到是这些奖品里最大的幸运，可是相对于我们的生活和百态的人生，这样的幸运还大吗？

"我觉得小幸运是刮刮乐刮中了 iPhone 6s，甚至是刮中一百万；而大幸运是，我走在自己想走的路上，我知道自己想要什么，要往哪里去。那里可能没有一百万，但有别人拿不走的资产——**我奋不顾身的努力和坚持到底的天真。**"

我将目光从窗外收回来，点开手机屏幕，在备忘录里打下了这段话。

是这样的吧，有很多的幸运被标在奖品上，或是其他各式各样的赠品里，那好像是自己付出（五百元）换来的（五十元折价券），但有时候我是相信的，付出与得到在大多数时候是成等比的，虽然有些例外可能不一定，如付出五百元得到市价两三万元的新手机，又如付出了三年、五年的情感换得男朋友、女朋友的变心或劈腿。

有时候我们会把五百元换到两三万元的情况描述成小确幸（今天先不谈另外一个反比的状况），老实说，我不喜欢"小确幸"这个词，我的意思是，如果每天盼的都是这些小小的幸运，因而把它称为小确幸的话，我并不是很喜欢这样的想法。

因为当我们把每天的注意力放在这些小事上，我们是不是就会渐渐地不去思考对我们而言影响更为深远的大事了呢？这里所谓的大事不完全指攸关国家、社会的议题，那些大事可能只是每天练习唱歌一个小时，持续二十年，仍不放弃自己热爱的事。

可惜的是，我们往往活得越来越"当下"，现在发生的问题现在解决，解决完了之后滑滑手机放放空，而不是利用空当或睡前给自己时间思考那些重要但不紧急的事，我们渐渐地变成习惯遇到事情时才打开生活意识（或完全不打开）。

我其实越来越害怕自己一开口后，会让朋友觉得，"你离我们好远"。

人不一定要有远大的梦想

"我问你哦，你觉得每个人都一定要有一件自己喜欢的事，一定要有完成的梦想吗？"曾经有个朋友这样问我，"我的梦想不能只是把我每天的生活过好吗？"

每件事，当你做的结果和别人不一样时，
那就是你的价值。

如果是在以前，我会大声地告诉他，不，人一定要有远大的梦想，那是我们活着的动力、我们眼睛闪闪发亮的原因，怎么可以没有梦想？但是，还好，当他问我的时候，我已经不再这么想了。

　　"我觉得不用。"我看着他，沉默了一会儿，他一脸像是觉得我在骗他，于是我继续说，"我觉得重点不是我们有没有梦想，而是我们有没有培养自己拥有选择的权利。如果把每天的生活过好是你的选择，当你真的做到了，安安稳稳地生活，你不去执行伟大或热血的事也无所谓啊，因为那是你的选择。而我选择坚持我喜欢的事，选择天真地做梦，选择尝试一步一步慢慢实践。我们的差别不是有梦想跟没有梦想，而是选择的不同，仅此而已。"

　　但是你知道吗，我们多幸运，我们所处的家庭背景和环境，让我们能安然地培养自己选择的能力，社会上又有多少人是无法选择的，对于现实的无奈只有无数的不得不。当那些条件相对优渥的人喊着"我们应该相信善良、相信梦想"的时候，其实已经是站在多少的幸运之上去挥舞生活的旗帜了。

　　这些话我哽在喉咙里，没有说出口。

每个角色都有意义

我想起了昨晚与陈宛聊的话题。

"我觉得我们很像是不同世界的人。"她说，我很难过地低下了头，她看了看我，轻轻地把话说完，"我们在做的事情完全不一样。"

"可是，社会上的每个角色都一定有意义。"我看向她，"你知道吗，曾经有一个老师跟我说，如果我们是念过很多书的学者，因为知识而快乐，我们不能因此觉得这就是一条比较高尚的路，觉得世界上的人们都应该走上这条路；如果我们是出身贫寒但赚了很多钱的企业家，解决了很多钱才能解决的问题，我们不能因此觉得赚大钱是最重要的事，觉得所有人的问题都可以靠钱来解决。"

你知道重点是什么吗？我看着陈宛。

重点是，如果我们用对自己有意义的事情去判定那对别人也有意义，或是用我们看见对别人有意义的事来比较那是否对自己也有意义，那么我们就失去了自己的社会角色。像是，如果我们受了社会刻板印象的影响，觉得车厂的修理工是一份低贱的工作，所有的聪明人都不应该如此选择，那么当我们的车子零件坏了需要整修的时候，谁来替我们修车？社会上的每一个角色，有时候不一定是我们能选择的，所以当我们意识到自己能选择的时候，也许我们就不该再天天盼着那些小幸运的发生，而是该为自己"能选择"这样的大幸运，感到满满的感恩。

我能成为现在的自己，多么幸运

今年十二月的第一周对我而言是很混乱的，有很多的事情没处理好，但我也在尝试着让自己能好好地面对每一件事，回到家，坐在书桌前打着字，我回想起我拥有的这一切，觉得即使在书店的刮刮乐中刮中了 iPhone 6s，也不会拥有此刻这样的心情吧——我能成为现在的自己，多么幸运。

渐渐地，我明白了，每一天自己的样子，其实都承载了太多人的选择与被选择，都背负了太多人的悲欢离合，生命里最精致的缘分是看见了自己与世界的关系吧，某一个巷口、某一个路灯下、某一个街角，人与人陌生地联动着，于是组成了更多的选择与被选择，簇拥了更多的悲欢离合。

而这些，万般复杂的思绪与现实，凝结在这一分、这一秒的这一刻，让我有这样的机会写进文字里，这就是我最纯粹、最大的幸运了。

有时候我并不喜欢特别逼迫自己正面去思考，我喜欢贴着心想事情、想自己，因为我知道，只有书写最真实的自己，才能安稳地在文字里活着。不过最近总觉得很高兴，忍不住地感谢。很久没有像这样静静地坐在书桌前好好地写长长的文字了，虽然乱无章法地说了好多东西，但好满足，好开心。

如果我们的真实，大笑也好，大哭也罢，能饱满每一个当下，也许这样就够了吧。

以前学着解决自己与他人，
现在学着解决自己与自己。

Chapter 1
以梦为锚
现实的反面就是实现

最好的赞美

我突然觉得被安慰了，

也突然明白，

真正的安慰原来是被理解。

二零一五年二月十七日，见了一个特别的朋友。

在故事贸易公司创立之前，我先写了她的故事，关于送给自己的一朵海芋，然后，故事贸易公司的想法就在她告诉我她感动得哭了之后开始萌芽。我们不常见面，但一见面总是能聊很多不一定会与身边的朋友聊的事情，那像是对话，也像是讨论，更像是厘清自己。

这一次，她说她想要考电影研究所，于是我们见面了。

"为什么想念电影？"我问。

"其实这念头已经埋藏在心里有一段时间了，只是一开始没有那么强烈。"她说。

是这样的吧，有些事情当下看到或听到后，往往不以为意，可它会在心里变成一颗种子，或像念头，没有其他人啊、外力啊去挑起，它就像永远不会发芽那样毫无存在感，但当有人提起或不小心触碰了相关的事件，种子便会像已经深耕了多年的注定，驱使我们为接下来的生活做有别于以往的决定（或是更坚定以往的决定）。

这也许像我们在认识一个人的时候，会自动把他在自己的人生里做简单的归类，这没有好与坏，因为每个人的归类依据与标准都不同，然后，当我们需要那一类的能量与元素时，就会想起他，而幸运的是，他也一样。但那不是需要的时候才找对方，而是我们知道，啊，他就是适合陪我去逛街，而他就是适合陪我去山谷里发呆的人，只是属性不同，但在生命里彼此从来不是过客，而是远远的存在，从不失联。我和她，大概就是这样的朋友。

期待你会成为什么样的人

　　我们认识很久很久了，她很优秀，总是笑得浅浅的，却诚心真切，那年她的分数可以上政大中文系，但因为未来工作取向，家人反对，她于是奋发上了"北大"的行政系。大学四年，我们曾一起去放过风筝，也一起去看过海，我们从聊着张曼娟的《鸳鸯纹身》，到聊起自己的作品，然后聊起未来，聊我们相信与不相信的事。

　　"不要轻易地去评断一个人或一件事的对错，更不要隐藏立场。"我说。

　　然后她说："我其实不太相信中立这件事。这不是为了表现一个人多有想法，而是不想去讨好任何人。"

　　我们相视一笑。关于立场，我们不尽相同，我几乎是完全的感性，而她是矛盾的任性与理性兼具的女人，可看着她的眼睛，我才发现，在我们渐渐懂得小心却毫无粉饰地去表达自己的想法时，我们学会的不是中立，而是包容。

　　她跟我说了很多未来她想做的事，而我也正在面临延期毕业的思考中，我想，这也是自己近一两个月来低潮的根源吧。很多人会说，那是浪费时间，也有很多人会说那是重要的觉醒时刻，要美化一件事情或一个人，就和批评一样，实在太容易了，难的是不自卑、不自傲地去反省与描摹自己。我看着她，她只是笑着对我说："我觉得你这样很棒，真的。"我突然觉得被安慰了，也突然明白真正的安慰原来是被理解。

"你渐渐变成了一个我觉得很迷人的人，"我说，"我一直觉得，我听过最好的赞美，是有人跟我说'我很期待你会成为一个什么样的人'，今天我想把这句话送给你，因为我是真心期待，我好想看你以后会是什么样子，一定比现在迷人许多。"

她笑得很开心，却泛起泪光。因为我们都知道这句话的意思是，我和你一样相信着你所相信的。我专心地看着她，我在她身上看见了只有她才拥有的魅力，不去定义什么是梦想，却脚踏实地为自己喜欢的事努力的眼光，是别人偷不来也抢不走的。

"我并不觉得人一定要有梦想，或是一定要找一个目标。确实是，拥有目标的人生会简单很多，因为只想着达标。但没有目标的人生，却拥有无限可能，只要我们在能选择的范围里，勇敢去选择，那就够了吧。"她说。我点了点头。

在回家的路上，我再次把今晚的对话想了一次，也许我们都是这样的人，相信拥有一个梦想，生活会因此变得美丽，但也相信没有梦想的生活还有很多其他选择，也许我们选择的并不是相信有或没有梦想，而是选择去尝试过自己想过的生活。然后，用这样的赞美去赞美自己，比任何人都期待自己未来的样子，让现在的我们都因为笃定而踏实。

没有目标的人生，却拥有无限可能，

只要我们在能选择的范围里，勇敢选择。

小 美

我把自己
想成什么样子的人，
不是为了去忖度
在你心里我长什么样子。

小美有一头蓬松的红棕色自然鬈发，脸蛋上有一些小雀斑，那让她看起来永远像个小孩子。她总说："那是属于我的芝麻，我因为这样所以绝对是一个很有味道的人。"

的确，小美有她自己的味道。不过那通常只有她自己品尝。

"干吗，我把自己想成什么样子的人，不是为了去忖度在你心里我长什么样子。"她通常会这么说，然后自然地翻一个非常适合她的白眼。

"如果你把自己想得太好，那就是一种自欺了。"曾经有人这么抨击她，她不以为意。她并不是真的不在乎，只是要哭也一定是躲在被子里哭，但不至于哭得不成人样。

小美的妈妈每次看到她把自己窝在被子里，总是用力地先敲三下门，然后丢下一句："要么哭天抢地，让全世界都知道你受了委屈；要么咬紧牙，笑得疯癫，让全世界都知道你的委屈委屈不了你。"然后，再翻一个非常适合小美妈妈的白眼，径直离开，留下一张便笺。

"为你真正在乎的事情大哭，不要为这种小事掉泪。"妈妈的笔迹其实是凌乱而不那么美丽的，却总是能写进小美的心里。原来动人的从来不是迷人的眼睛或嘴唇，而是简单地被理解、被缓缓安慰。

想象的意义

早餐的时候，妈妈为小美煎了两颗漂亮的半熟太阳蛋，还有一杯热牛奶。小美拿起叉子，把蛋黄戳破："妈妈，那什么是大事？"

"你能为自己选择并且要为自己负责的事叫大事，那些别人嘴里关于你的他们无法掌控并且从不了解的事叫小事。"妈妈将从烤吐司机里跳出的吐司装盘，递到小美面前，"小美，你的蛋黄跟你一样太早哭了，试试看配吐司。"

"好。"小美剥了一小块吐司，蘸了蘸破掉的蛋黄放进嘴里，口齿不清地说，"我还是喜欢它原本的味道。"

"很好，至少你试过了。"小美的妈妈用叉子戳破自己面前的那颗半熟太阳蛋，剥了吐司，蘸了蘸蛋黄，"我也试过你的吃法了，不过我和你不一样，我喜欢这样。"

"对自己的想象其实就是这样，你可以把自己想象成任何一种人，重点是，你得去试，然后去感受你是不是喜欢这样的自己。所以，记得，想象的意义不是自欺，不是为了要去假装自己多么优雅美丽，而是去了解自己，对什么有感觉，对什么有反应，这些反应，反映在我们身上，于是我们可以去了解自己是什么样的人。美好的反射，也会是美好的。"

"就像妈妈我是你的反射一样。"小美笑了笑，露出干净的上排牙齿。

"不，你是你自己想象的反射。"小美的妈妈摸了摸小美的头，接着咬了一口吐司。

小美有一头蓬松的红棕色自然鬈发，脸蛋上有一些小雀斑，那让她看起来永远像个小孩子。不过她已经惯性地将那些小雀斑想象成芝麻，她总是说，**因为那些芝麻，所以她绝对是个很有味道的人。**

"有些美丽通常是我们自己品尝，不过这没什么关系，因为我们懂得欣赏自己。"

咬紧牙关，
让全世界都知道你的委屈
委屈不了你。

不下雨爷爷

很多人都以为，
雨伞是为了抵挡从天空落下的雨，
其实雨伞是为了不让别人看见
我们的世界也在下雨。

　　小美除了有一些雀斑，还有一双遗传自爷爷的小眼睛，她曾经很羡慕麦麦的大眼睛，但爷爷说，有小眼睛是一件很幸福的事情，因为没办法一下子就把每一件事情看清楚、看仔细，而世界上的每一件事情，都不能只看一次，所以小眼睛可以慢慢看、慢慢体会，再慢慢想。就像前年寒假小美去爷爷家时，爷爷说的话小美一直没有搞懂一样，她正在努力地慢慢思考。

曾经，我们的世界会下雨

　　小美的爷爷说，他的世界不会下雨。

"是从什么时候开始不会下雨的呢？"小美趴在爷爷的腿上。爷爷家的东西都很旧，但都有一种过时的好看。像下田的靴子，咖啡色的鞋底还有一点点泥巴，从奶奶离开后，爷爷就不下田了，但靴子还是放在门口。爷爷家的桌子是木头色的，还有生锈的窗户，以及褪色的地毯，大概是黄色、橘色系的样子吧。

"从很久很久以前，从一开始，就不会下雨。"爷爷看着小美，他习惯坐的位置正前方有一台老旧的黑色电视机。电视机也已经很久很久没有开了。

"真的从来没有下过雨吗？"小美又问。爷爷没有说话。其实在小美的奶奶离开时，爷爷的世界下过一场倾盆大雨，但这是全家人的秘密，因为没有人看过爷爷下雨。有趣的是，那一次爷爷并没有特别想隐瞒，但大家都不敢问，于是这就变成秘密了。

"其实是有的。"爷爷说这句话的时候，小小的眼睛笑起来已经眯成了一条线，看起来温温热热的，像放了一会儿的热牛奶一样，温度刚刚好。

"是发生了什么事呢？"小美的奶奶离开那年，小美还很小很小，小美对奶奶几乎是没有印象的，爷爷也还不想这么早就把他与奶奶的故事告诉小美。

"是世界上最悲伤的事。"虽然爷爷这么说，但他依旧是笑着的。

因为有一些人，无论什么时候拥有或失去，想起来，都会让自己的心窝热热的。于是爷爷补了一句："也是世界上最幸福的事。"

"爷爷，那你喜欢淋雨吗？妈妈说淋雨就会感冒。"小美转了一圈像爷爷一样的小眼睛。

"总是要感冒几次，才会甘愿去挑一把适合自己的伞啊。"爷爷把小美抱到自己的腿上，"很多人以为，雨伞是为了要抵挡从天空落下的雨，其实雨伞是为了不让别人看见我们的世界也在下雨，如果我们的世界会下雨的话。"

你可以不懂寂寞，但不能不懂快乐

小美皱起可爱的眉头，听得若有所思。爷爷继续说："就像世界上的每一个人啊，都挨得住所有的低潮和寂寞，他们挨不住的，是没有人在乎这些感受。

"所以，这里既有橘色又有黄色的样子，就是太阳的中心，不会下雨，会下雨的时候，雨还没到这里，就会被蒸发了。我在想，如果是这样的话，那会不会我就是自己快乐的中心呢？我不是不寂寞，而是寂寞的时候，感受还没到这里，就会先不见了。"

"爷爷，我听不懂。"好像一下子有太多太多的话了，小美诚实地跟爷爷说。

"没关系，无论何时，若你开始用起'寂寞'这两个字形容自己，欢迎你来找爷爷。"小美以为爷爷会说"希望你永远都不会懂"这类的话。在长大的路上，已经有太多太多的人这么跟她说过。她不明白为什么，真的应该不要懂吗？

"那……爷爷，我可以问最后一个问题吗？"小美看向门上挂着的那把黄色雨伞。

"当然。"

"如果你的世界不会下雨，为什么你的门上总是挂着一把伞呢？"

"小美，长大以后，你可以不懂寂寞，但不能不懂快乐。"爷爷又补了一句，然后摸了摸小美的头，"所以你也要有一把伞，保护自己的太阳。"爷爷没有说出口，那与下雨无关。他相信小美有一天能明白的。

"要喝热牛奶吗？"爷爷把小美抱起来，让自己能起身。

"要！"小美一边大声地说，一边迅速地举起右手。

就像自信地呼喊着"我是小美！"一样。

备注：

将近一年前，写了一篇小美跟她的妈妈的对话，一年后，不知道怎么着，又想起了小美，于是写了一篇小美跟她的爷爷的对话。"小美"这两个字对我而言不是一个名字，而是一个词，那代表了我们身上任何一种美好的可能，所以任何一个人都可能是小美，所以小美才会叫作小美呢。

世界最悲伤的事，也是世界上最幸福的事。

龟兔不赛跑以后

无论是哪个季节，

我都要不断地跑，

你不和我比赛，我自己一个人会继续跑。

乌龟跟兔子说："我们不要赛跑了好不好？冬天要来了，你会冷，我的壳让你躲。"

兔子说："不可以，我注定了要跑一辈子，无论是哪个季节，我都要不断地跑，你不和我比赛，我自己一个人会继续跑。"

乌龟又说："没有你，我们就不是童话了。"兔子理所当然地说："我们本来就不是童话，我们是在生活，生活不会因为天冷天热，变得更容易或更困难，生活和四季无关。"

"也许我们不一定会牵着手一起走下去，但会一直走下去。"

我们本来就不是童话，

我们是在生活，

生活和四季无关。

交 易

生活不是没有出口，
虽然站在此刻的尽头
没有光。

　　"在每一个选择背后，其实都有一个强大的力量在推动我们下决定。"这是他第三百八十二次抵达魔王住的洞窟，这句话也是他说的第三百八十二次。

　　"你从来没有告诉过我到底是什么样的力量。"魔王说。

　　"就像你明明可以杀掉我，但你却从来没有杀掉我。"他说。他是百姓公认的勇者。

　　"你也明明可以杀掉我，但你也从来没有这么做。"魔王一边继续说，一边看向他挂在门上的那把锐利的剑。

　　"为什么呢？"他说。

"是啊，为什么呢？"魔王也说了一次。

魔王的洞窟很大，有一张不规则的桌子，上面铺着不规则的鹿皮，他说，这是他在等勇者来陪他说话的时候一个人去猎的鹿，啊，还有柴火旁的兔子皮，他不懂得如何清洗，所以上面的血渍已经渐渐氧化，变成黑色的斑点。斑点，魔王说，他喜欢斑点，就像鹿身上白色的斑点一样。

"你也从不因为我穿了斑点的兽衣而把我杀了。"他说。

"我喜欢斑点啊。"魔王说。

"但你不喜欢我啊。"他说，"因为我的存在，让你在所有的百姓面前成了罪人。"

"那你喜欢我吗？"魔王问，"因为我的存在，让你在所有的百姓面前成了勇者。"

"我不喜欢你。"他说，"我讨厌打架，我甚至讨厌斑点。还好我们现在只需要好好地说说话。"

"我也不喜欢你。"魔王低下头，"但我想，也许，我很需要你。"

他抬起头看了魔王一眼，眼眶渐渐泛起泪水。

"我想，也许，我也很需要你。"他说。

魔王瞪大眼睛，但仍没有把头抬起来，然后悄悄地又垂下了眼眶，没有看见他泛泪的眼睛，没有说话。

"我想我得走了。"他见魔王没什么反应，便准备站起身。魔王倒给他的花果茶还热得烫手，他只喝了一口。"跟往常一样，我不能待太久。人们会起疑的。"他说。

"嗯，人们会起疑的。"魔王重复了一遍他的话。

"这一次要选哪里呢？"他问。

"我最近学会了膝盖的接骨术，选脚吧。"魔王说。

他点了点头，魔王起身拿起自己的剑，用力地朝他的左膝盖刺去，他低吼了一声，然后，魔王不疾不徐地拿出绷带和药草，开始帮他包扎。

"我们还要这样相互残杀多久呢？"他看着魔王，淡淡地说。

"很久很久吧。"魔王很认真地替他包扎。

"我有好多次，都想在这个时候把你杀了。"他说，"现在的你，手里只有药草，没有刀剑。"

"嗯。就像我有好多次，都想在这个时候把你杀了，现在的你，手里甚至没有药草，只有一双无法站稳的双脚。"

"我们永远需要彼此，对吧？"他说。

"我们永远需要彼此。"魔王说。只要人们的生活不顺遂，需要一个可以怪罪、责骂的对象，只要人们的世界不完美，需要一个英雄，我们就会需要彼此。魔王没有说出这些话——这些勇者也明白的话。

这一次的"相约"，他们两个再也没有说话，只是沉默着。然后勇者拄着魔王洞窟里的长条干柴，一跛一跛地离开。他们都没有哭，毕竟这已经是第三百二十……无所谓是第几次，总之是无数次，他们需要这样，在人们复杂的生活里，需要着彼此。或是，他们需要被人们需要，谩骂也好，害怕也罢；崇拜也好，期待也罢。

"欢迎归来！"百姓大声欢呼，"他是我们的勇者！我们的希望！"

"但我还是失败了。"他拄着魔王洞窟里的干柴，脸色有些暗淡。

"没关系！你是我们之中最勇敢的人了！下一次一定会成功把魔王杀死的！"

"也许我是最懦弱的人呢。"他苦笑，没有把这句话说出来。他走过人群，欢呼声此起彼伏，好像他打了一场胜仗。却是输给自己的懦弱。他在心里喃喃着好多的句子："我需要被你们需要的感觉，我和魔王都需要。也许我们都没有你们想象的可怕和勇敢，我们比你们平凡。也许……"

他想起他每次跟魔王见面时说的第一句话，他相信他们都是清楚的，那个所谓的强大的力量，就是需要被需要，就是需要看见自己存在的意义吧。

"每一个选择背后，其实都有一个强大的力量在推动我们下决定。"

我们真的有那么卑微吗？或是需要被需要就是卑微的吗？我们只不过是想要感受到自己存在的重量，只是刚好，我们成了人们眼里的那些一定要存在的人。

人们眼里和口里的必要存在的我们，或是我们心里所想的必要存在的他们，为什么要存在呢？

魔王今晚又是一个人入睡，他每晚都是一个人入睡，每晚都在倒数勇者下次来的日子，每晚都在想着这样的问题，然后每晚都在期待明天就能出现答案，但每一个明天，都依然存在着问题之外的问题，却找不到答案之外的答案。

"我会需要我自己吗？我要从哪里知道自己需要自己呢？"

"晚安。"魔王轻轻地对着自己说，或者不是对自己说。他看着月亮，温柔地睡着了。

他始终都是个温柔的人啊。

（他们总是只说很少的话，因为他们不能说太多话，不能说太久，不然百姓会起疑心的。存在若被怀疑着，那会令人很不安的。）

备注：

在地铁上看着黄色书刊画的漫画，突然就有了一些想法，忍不住打下了这篇，可能有关的、可能无关的，我胡乱想象的故事。会不会我们在追逐的生活里，其实就是不断地在与别人交换存在感呢？

课　题

我们要练习，
用另外一种眼光看他们，还有看自己。

　　我始终相信每个人都有自己的课题，有时候关乎心底的挂念，有时候关乎根本不属于自己的悲伤却受影响的自己。我突然想到前几天听到的一个故事。

　　有很多的小灵魂坐在天国的长桌边，大天使请他们画出自己下辈子想要的样子和想要学会的课题，他们将会变成下辈子彼此遇见的人们。每个人都把自己写得很完美，希望自己可以完美应对所有的课题。但是有一个小灵魂只写了两个字："宽容。"

　　大天使看了看他写的字，再看了看他身边的小灵魂写的东西，淡淡地说："你身边的人都那么完美，你不需要学会宽容啊，你要不要换一些其他的课题？"

想要学会宽容的小灵魂很难过，他看向周围的人，没有人出声，没有人想要改变自己的想象和设定。突然，坐在他前面的另一个小灵魂开口了，他说："我愿意帮助你。"想要学会宽容的小灵魂眼睛里一下子就燃起了光亮，他兴奋地回应他："好呀，你要怎么帮助我呢？"

"下辈子我会成为你最讨厌的那种人，来到你身边。"愿意帮助他的小灵魂这么说，**"我会想尽办法让你学会宽容的。"**

"可是这样子你就是坏人了耶。"想学会宽容的小灵魂对于他的说法有些不安。

"不一定啊，我只是成为你讨厌的人，我们讨厌的人，又不一定都是坏人。"愿意帮助他的小灵魂笑了笑，他的笑容很温暖很温暖。

"为什么你愿意帮助我呢？"想学会宽容的小灵魂先是感到放心，但又忍不住追问。

"因为我们可以一起进步呀。"说完后，他们紧紧地拥抱着彼此。

我们都是彼此的光

跟我说这个故事的女生，告诉我这是一个小灵魂跟小太阳的故事，我问她："那小太阳呢，小太阳在哪里？"

"小太阳就是那个愿意帮助小灵魂学会宽容的那个小灵魂呀。其实如果我们都明白了，那些令我们感到不舒服的人和事，都是为了要来帮助我们学会某些课题，我们就会发现，其实我们都是彼此的光。那些人并不会偷走我们身上的能量，而我们要练习用另外一种眼光看他们，还有看自己。"

我突然很喜欢很喜欢这个故事，有些事情真的很难、很现实，有些事情真的很复杂、很烦琐。有时候会不喜欢自己知道太多，因为要顾虑更多；但有时候又庆幸自己知道得够多，才更能去尝试各种办法，不要让自己在乎的人受伤和难受。虽然往往这些事情最后都没有答案，只是我们用什么样的态度和方式面对。

但是，那还是很难很难啊。可是好像也只能继续走、继续想、继续生活了。好想知道自己还是小灵魂的时候写了什么，可是看一看身边遇到的人们，好像又渐渐清楚自己当时写了些什么了。

"为什么你愿意帮助我呢？"

"因为我们可以一起进步呀。"

Chapter 1

以梦为锚

现实的反面就是实现

不完美的一天

不要轻易去原谅
自己生活里的一切不顺遂，
原谅自己放弃了今天，原谅自己相信还有明天。

陈日一如往常地在睡前反省自己的一天，那好像充满意义，却又像空洞生活里的最后挣扎，让所有的无济于事看起来不那么惨淡。

陈日有很多梦想，他想当老师，虽然很多人说这个职业要泡沫化了，他还是想。梦想在每一个时代，好像都承载着不同的重量与期待，但在他心里，那就只是很单纯的梦想而已，如果可以不去感受社会的变迁与淘汰，如果可以放肆地去相信时代的改变改变不了社会结构……他不想要他的梦想被淘汰。

"这个世界不管变得如何，都一定需要老师的。"陈日总是这么说。

他希望自己很久很久以后再去发现，原来需要和缺乏是两回事。可惜用梦想包裹着现实，就像用纸包住火，生活最后总会因此被烫得疼痛而殆尽——他成了一个普通的上班族。

你是不是在做梦想中的事呢

陈日是这样过日子的，充满朝气地起床，带点懒散地出门，向楼下的阿姨买了早餐，上地铁，进公司，时而认真、时而偷懒地工作一整天，下班，回家。

他偶尔看看路上的行人，想象别人的表情是为何而来，跟朋友吵架了吗，还是刚谈了一场恋爱？陈日也常常用衣着想象别人的工作与故事，他是个有钱人吗？她在职场很得心应手吧？他是不是在做他梦想中的事呢？她正在为自己的梦想努力吗？啊，梦想，每每想到这里，陈日总会想起来，他也有梦想啊。

于是，陈日总是在回家后制订很多的读书计划，列了很多书单，决定要开始补习，要当一个不一样的人，要为自己的梦想努力一次，对了，也顺便减减肥。他通常一边热血沸腾地想着，一边打扫家里，好像一切都是新的了，一切都有希望了。

接着陈日会打开计算机，与朋友聊聊天、逛逛论坛，在失落的文章后面回复一些充满企盼的留言。他想着，嗯，所有的计划明天就开始执行吧，想起来真是无比激动。然后一晃眼，两三个小时就过去了。他看了看时钟，想着再不睡，明天上班要迟到了。凌晨一点，陈日刷刷牙，洗把脸，上床入睡。

隔天，陈日不小心睡过了头，他觉得今天一切都不对劲了。计划明天再开始吧。要达到目标一定要每一天都踏实得非常完美。

于是陈日过了跟昨天一模一样的一天，噢，不对，他今天多吃了炸鸡。减肥也是计划的一部分啊，既然计划明天就要开始了，今天让自己奢侈最后一次也不为过。

永远充满企盼，却永远走不到企盼的风景里

就这样，陈日每天总有一些小小的意外的状况让他觉得今天不

够完美，无法执行他完美的计划，让他成为一个完美的人；就这样，陈日每天的生活几乎都一模一样，永远充满企盼，却永远走不到企盼的风景里。

就这样，陈日从刚进公司时开始想要改变，到当了快十年的上班族。

"你太容易原谅自己了，但事实是每天都无法预测，生活里不存在完美的一天，大大小小的状况都可能会发生，可是你要因此对自己说，那就明天再开始吧，这样吗？如果是的话，那么你就永远到不了明天，因为明天永远是明天的事。我们宁可不完美地前进，也不要完美地停在原地。"

"所谓进步，不是一次就达到自己设定的所有目标，而是每一次都比上一次多完成了一个选项、多超过了一点预计的进度，那才是进步。不要当一个太容易原谅自己的人，不是不能原谅自己，是不要轻易去原谅生活里的一切不顺遂，原谅自己放弃了今天，原谅自己相信还有明天。你如果决定选择失去不够好的今天，那么就等于选择失去你所期待的你想要的明天；你如果原谅自己今天对梦想松懈，那么就没有资格在老年的时候跟自己说对不起。"

"勇敢地去过每一个不完美的一天，那才是生活，那就是生活。生活会累积梦想，但梦想不会决定生活，你看你这些日子就知道了，只有面对梦想的态度会决定生活。勇敢地去过不完美的每一天，好吗？"

宁可不完美地前进，也不要完美地停在原地。

Chapter 1
以梦为锚
现实的反面就是实现

老朋友

她是懂的，
只是还需要时间挣扎一会儿。

不过，还有这样的时间吗？

愿望小姐和远方小姐是多年的老朋友，很多年很多年，多到远方小姐常常懒得去数，只是用"很多年"带过。今年，她们都要开始找工作了，为生活，为自己。

入秋前依旧带点闷热的下午四点十五分。

"你今天要去哪里？"愿望小姐问。

"我要去闹市区坐着。"远方小姐说。

"为什么？"愿望小姐又问。

"我要等一些事情。"远方小姐又说。

"等什么？"愿望小姐再问。

"你可以来找我，如果你想的话。"远方小姐再说。

"我不会去的，那好无聊。"愿望小姐挂上电话。

天色有点昏暗的傍晚六点十七分。

"你来了。"远方小姐远远就看见了愿望小姐的身影。

"我来了。"愿望小姐远远就看见了远方小姐的身影。

"我知道你会来。"远方小姐说。

"你怎么知道？"愿望小姐说，好像是问句，又好像不是。

远方小姐没有答话。

十分钟过去了。

"我好迷惘。"远方小姐看着天空。

这次换愿望小姐没有答话。

"我有一个很大的梦想，可是好像太大了，大到我的能力撑不起它。"

"是那一个吗，很久很久以前，我认识你的时候你总挂在嘴边的？"

"是。"远方小姐说。

"我没有什么梦想，心里有点荒凉。不过我去面试了一份高薪的工作。"

"你不想当设计师了吗？在很久很久以前，我认识你的时候你总挂在嘴边的。"

"是。"愿望小姐说。

然后她们两个一起没有说话。

我们已经长大了，也该长大了

"我想，你是知道的，给一个人心里再多的温暖都养不活他。"远方小姐眼神空洞地看着愿望小姐，这些话她是懂的，只是还需要再挣扎一会儿。不过，有这样的时间吗？

"我们已经长大了，也该长大了。"愿望小姐伸出右手，拍了拍远方小姐的肩膀继续说，"设计师……到底是什么？现在买房比较重要。"

为什么以前觉得对我们很重要的事情，现在好像都不那么重要了？

远方小姐皱着眉头，没有问出口。

是不是因为更重要的是现实？

"当你有梦想，你却没有能力去实现它时，那么在现实里，梦想就会变成你的负担。"愿望小姐看着远方小姐，她其实一点也不想伤害她，又或是否定她的任何一个梦想，她们是很多年很多年的老朋友了。

有些人觉得没有梦想不知道该做什么很困扰，有些人觉得有梦想不知道该怎么做很困扰，所以到底是找到一个愿意让自己奋不顾身的目标困难，还是奋不顾身地达成目标比较困难？

长大需要用放弃梦想来证明吗？还是我们也许能一边长大，一边完成梦想？

长大需要用放弃梦想来
证明吗?
还是我们也许能一边长
大,一边完成梦想?

现实倒过来，就是实现

"你还要坐在这里吗？"愿望小姐问。

"我还要坐在这里。"远方小姐说。

"你到底在等什么？"愿望小姐又问。

"我要等我想清楚。"远方小姐又说。

"有些事情是想不清楚的。"愿望小姐接着说，"但我还是希望你想清楚。"

"嗯。"远方小姐点点头。

"你渴吗？"愿望小姐问。

"渴。可以帮我买水吗？"远方小姐说。

"好。"愿望小姐转身离开。

天色已黑的晚上七点三十二分，愿望小姐递给远方小姐一瓶水。

"谢谢你。"远方小姐接过水。

"还有，这个。"愿望小姐看了远方小姐一眼，从背后拿出一个鲔鱼口味的御饭团。

"怎么会买这个？"远方小姐瞪大眼。

"怕你肚子饿啊。"愿望小姐理所当然地说。

"谢谢你。"远方小姐说。

"我得走了。"愿望小姐又说。

"你得走了。"远方小姐又说。

然后她们没有表情地道别。

有人说人因梦想而伟大，可是有梦想的人太多，真的实现的人却太少，所以人之所以伟大是不是因为实现梦想的过程是很艰难但很勇敢的，是吗？是吧。

仔细看看，现实倒过来，就是实现。

只是在梦想与现实之间，有时候我们会不知道该选择什么，有时候甚至会想，真的一定要做选择吗？梦想可以满足心灵，却喂不饱肚子，该怎么办？在寻找解答的路上，远方小姐却先发现，如此关切她的心灵与肚子的，总是那个很多年很多年的老朋友。

尽管她们争执过，愿望小姐也从来不会计较，因为就算心里的温暖养不活一个人，她们也都知道，自己依旧需要这些温暖去面对更现实的明天。

"我可以坐在这里陪你许一百个愿望，但你得想办法自己走到你想要去的远方。"

远方小姐低头看着手机里跳出的信息，继续坐在闹市区里等。

愿望小姐和远方小姐是多年的老朋友了，很多年很多年，多到远方小姐常常懒得去数，只是用"很多年"带过。

我可以坐在这里

陪你许一百个愿望，

但你得想办法自己走到你想要的远方。

长大以后

因为长大以后，
复杂是为了保护自己，
单纯是为了善待别人。

"怎么每次看到你都笑眯眯的，什么事这么开心？"

"没有啊，就只是没有不开心的事情而已。"

以前没有男朋友、没有经济压力，不懂社会现实、不懂挫折与失败。

"怎么每次看到你都闷闷的，感觉很累，怎么了吗？"

"没有啊，就只是没有遇到开心的事而已。"

长大以后，什么都有了，就是没了单纯。谁扛着长大后的复杂能不疲惫？可是，其实我们也用失去的，换回了很多其他的美好。

所以，是这样的吧，我们尽可能让自己保持单纯，但要学会复杂的思考。**因为长大以后，复杂是为了保护自己，单纯是为了善待别人。**

其实我们也用失去的
换回了很多其他的美好。

我愿意放弃的大好人生

认清自己的能力
而甘愿放下贪心，
却不放弃累积，
也许比大好人生更值得追寻。

他说，他很贪心，什么都想要。

他想要一个懂他的女朋友、一段稳定的感情，想要一份称心的工作、一份快速起飞的事业，想要几个向着真心而不是利益、能彼此交流的朋友。他每一个想要的，几乎都得到了不错的开始，他却不快乐。

我很纳闷，我问他："怎么会呢，怎么会不快乐？"

"我每天只有二十四个小时，时间完全不够用，要顾博士班的课业、要顾女朋友还要顾工作，每天睡不到三四个小时，可时间还是不够。女朋友是远距离，很没安全感、常吵架；工作又才刚开始，还不稳定。我好像拥有了很多，可是事情一直来一直来，永远处理不完啊。"

"你想放手任何一个吗？"我问。

"如果我知道我会这么忙，也许我就不会交女朋友了，或是我就不会去参加那个大型的项目比赛，我以为我可以撑起来。但好像不行。可是任何一个我都不想放手。"

"你太贪心了。"我说。

"我是贪心啊，但谁不贪心，有一个又美又聪明的女朋友、有刚要起飞的团队、有优秀的学历？我知道每个成果都会累积，让我突飞猛进，所以我都不想放掉。"

我深深吸了一口气，觉得头皮发麻。

我没有问出口：你怕不怕，最后什么都没有？如果这样的生活让你和自己最单纯的对话时间都被埋没，如果你失衡了，你怕不怕自己什么也留不住？或是好不容易留住了，却每一件都得过且过，终究过不成你想象中的生活？我没有问他"你怕不怕"。

因为我也曾经什么都想要，却什么都做不好。而当时的我什么都不怕。

"你想象过半年后的自己吗？"我问。

"我没有时间想这么远的事。我只能把手边一直需要处理的事情处理完。但我知道，这半年，要是我熬过了，不是大好就是大坏。"

"嗯。"我只是轻轻地点了点头，没有再回话。

我不知道他所相信的是不是真的，我不知道是不是真的只有大好和大坏那么极端的两种结果，我不知道放弃某一个的遗憾会比较深，还是落得一场空，不得不认命的结果比较让人甘心。我很困惑，我们所要追求的，真的是大好的人生吗？如果不是大好，成了大坏，我们就会沮丧地承认自己能力不足吗？或是最糟糕的，把失去怪罪于他人。当然，我知道他不会这么想。但我还是困惑着。

因为不是最好的，所以愿意不断反省

我想起前阵子去台南的谢宅时，谢宅的老板小五哥与我们分享的求月老签的故事。

他说，很多人以为拜月老要求得上上签才是最好的姻缘，但经过他悉心的调查和整理，他发现拿到中上签的人多数过得比求得上上签的人幸福。因为拥有所谓的最好的爱情，不一定会同时拥有最好的工作、最好的朋友和最好的生活。反而是拥有比好再更好一点的情人会容易拥有更好一点的工作、生活和朋友。因为不是最好，所以两个人都愿意不断地反省，于是牵着手的两个人就慢慢地、一点一点地一起进步了，而在各个面向里，都因为不是最好，使得彼此都平衡地一直向前迈进。

小五哥说，那样平衡的状态，其实是最幸福的。

不要一次把所有渴望一网打尽

躺在一个人的单人床上，我把这些话又想了一遍，重复听着曲婉婷版本的《生命有一种绝对》，突然觉得，确实啊，每个都想要是贪心，想要的都得是最好的也是贪心，可是我们真的有那么大的心和能力去拥有吗？

我突然想起他说过的："你选择跟我分手，就要去承受这样的结果。我选择跟你分手，我也会去承受现在的处境。既然这是我们的选择，就算接受不了，也得去承受，除非我们改变选择。但我们只能改变自己的选择，无法改变别人的选择。"我不知道学会失去的能力算不算为自己的选择负责，我只知道他的那席话，就像回到了当初，一切都还没开始的时候，那么冷静、那么理智、那么令人难受，我却连一句话都反驳不了。

而此刻，打着这些话，我好像渐渐放轻了自己的执着，我指的不是放宽对自己的标准，而是我想要我的贪心，不是放在追求大好人生上，不要一次把所有的渴望一网打尽。

就像，我不想要寂寞，但我明白此刻的自己还没有能力去爱人，所以不会投入任何一段感情，就像我想要更快达成自己的目标，也许出国留学，也许买一间自己的房子，也许四处旅行，也许拥有自己的事业，但我知道此刻的自己还没有能力飞那么高、跑那么远，所以甘心静静地、慢慢地、不疾不徐地累积。

认清自己的能力而甘愿放下贪心，却不放弃累积，不放弃盼望远方但更努力收藏此刻的风景，也许比大好人生更值得追寻。

不知道《生命有一种绝对》播放第几次了，但我猜五月天写这首歌的时候，其实是明白生命并不是绝对的吧。**绝对的是我们偶尔握在手里看似愚昧的偏执。**

会不会我们都得偏执几回，才能明白什么是最好的人生？从来不存在，只有更好、更好的，而何谓"更好"？从自己的偏执里定义，于是追寻的最笃定，实践的最安心。

于是，选择像一种无须对他人解释的任性，但为选择负责则是一辈子都要为自己练习的能力。

如果你见识过自己的贪婪，
那么希望你能由衷地感到畏惧。

偏　执

对错如果是一种偏执，
那不愿意去定义对错是不是也是一种偏执呢？

不知道我们容许自己一生去妥协多少事，是不是多得连自己都不敢相信，当我们无法负荷复杂的时候，是不是就会妥协于复杂了？好难受。因为没有对错，所以更难受。

我开始害怕没有对错的人生，嚷嚷着对错如果是一种偏执，那不愿意去定义对错是不是也是一种偏执呢？

不知道岁月在我们身上累积的是足以面对更多、更大的失去的勇气，还是害怕失去的更小心翼翼。

只愿每一次带着失去的长大，都有长长的收获在远方碰头。

"天空是会坍塌的。但你得知道，若你不怕，就压不死你。"

只愿每一次带着失去的长大，
都有长长的收获在远方碰头。

Chapter 1

以梦为锚

现实的反面就是实现

还好小姐

爱的宽容在于理解欺骗，
所以我们愿意相信谎言。

她说，她是一个"还好小姐"。

"就是对任何事情都觉得还好。别人问我想吃什么，我觉得还好。别人问我对这个人有什么看法，我觉得还好。别人问这趟旅程我有没有什么意见或想去什么景点，我觉得还好。一切对我而言，都还好。"

"怎么会呢？"我问。

"因为，我怕我在那些人身上和那些团体里投入太多的自己，离开的时候会舍不得。我不喜欢那种舍不得的感觉。"所以她没有想要涉入，没有想要真心地去参与任何一场相遇。

舍不得，就是一种情感的滞留吧，我们的离开像带走了岁月，带走了昨天，却带不走曾经在某个人身上扎实感应的情绪，于是在转身的那一刻充满不舍。可是这样的感受真的会带来不好的生活吗？

"所以你现在都怎么生活？"我喝了一口无糖去冰的伯爵红茶，静静地看着她。

她有点腼腆地笑了笑："别人的邀约我会去，但我不敢跟别人深聊，也不太敢加入团体，因为，好像，只要有开始，就会有结束。那如果我都这样，把这些东西都排拒在外面，就不会有开始也不会有结束了。"

"但是你知道吗，最可怕的是，起先你是有意识地排拒，后来那会变成一个反射动作，这样会将你变成一个没有颜色也没有形状的人，就是你说的，一个还好小姐。"

她缓缓地点了点头："对……我好像渐渐变成这样了。"

"哇！"我轻轻地惊叹一声，"你喜欢这样的自己吗？"

如果是在很久以前，我会说："哇，这样是不可以的！"我会用自己看世界的角度去评判别人，应该或不应该如何如何，但后来我发现这是行不通的，我的想法会一直改变，而我凭什么用这些不断改变的想法去定义一个人的某一个片刻？

于是现在，我只会问对方，是不是喜欢这样的自己、是不是满意这样的自己。如果她满意、她喜欢，在她不伤天害理的前提下，我没有理由把自己的观点套在她身上。

"不喜欢，因为我觉得好像渐渐对很多事情都没有感觉了。可是我不知道该怎么办。"她皱着眉继续说。

"要成为一个敢把心拿出来的人。"我说。

她依旧看着我，我轻轻地看向她："当你把心拿出来，你就会离这个世界很近，你就会发现你感受得到这个世界，别人对你的赞美或批评，还有你对人、对事的喜好和厌恶、悸动和感动。我们身为人，有着一颗心，不拿出来就枉费了它扑通扑通地跳动了啊。"

虽然这样的抽象描述其实不太抽象，但我知道她是听得懂的。

"但我不想要受伤，不想要舍不得。"她也喝了一口她的无糖伯爵红茶。

"没有人想要受伤的，但这就是把心拿出来要承担的风险，你会感受到最真实的幸福，如同你可能会感受到最真实的痛苦。这没有不好啊，你就是个真真实实的人，这些感受会让你明白自己真真实实地活着。"

"好难啊。"她叹了一口气，"如果受过伤，如果明知道失去这么难受，为什么还要勇敢地去拥有呢？"

"勇敢地拥有不是为了防备失去或抵御失去，勇敢地拥有与失去无关，就只是让自己真实地去感受什么是拥有，如此而已。那样的感受无比美好，不要因为任何一种害怕而放弃。"说这些话的时候，我也好像在鼓励自己。

那些害怕再爱的时刻，那些害怕再相信的夜晚，其实都只是过程，如果明白这一次别离的不舍是因为幸福大于伤害，如果明白这一次失去的体悟和成长远远大于想象，那么以后我还是要再认真又疯狂地去爱一场，才不枉费了这些眼泪和收获。

"希望我们在每一刻都认真地去喜欢和讨厌，在快乐的时候尽管笑得大声，在疼痛的时候不要忍，不要因为害怕任何一种可能的到来而把自己的心收起来，我们不要也不该成为一位还好先生或还好小姐，世界这么大，还有多少的人和事等着我们去发现和体验，什么都还好，太可惜了。"

我对她笑了笑，她说："好，我会试试看的。"一定要试啊，我拍拍她的肩，一定要试的。试过之后，你会看见自己的颜色和形状，然后，你会开始学着调整，让自己变成自己喜欢的样子。她看着我，我告诉她，我并不是第一次失去就能够这么想，而是在明白失去其实给了我意想不到的成长，而我不想浪费这些成长，所以才会希望自己的下一次、下下次，每一场相遇都要用真心去体会。

她在走进地铁站的时候又回头了一次。"谢谢你。"她说。"不要谢我啦，"我说，"我很高兴能与你有这样的对话。"

有很多的长大和体悟，并不是凭空冒出来的，而是在与别人的对话中，发现其实生活里的细节藏满智慧，等着我们去意识和发现。

"谢谢我们都在失去后，勇敢地练习着勇敢。"

如果遇见了难免的失落，

调整脚步，

而不是调整初衷。

关于疏离

你要珍惜自己,珍惜别人,
珍惜遇见和离别。
然后你会发现,原来疏离的反面,就是珍惜。

他终于了解,这个世界上没有任何一个人可以听他巨细靡遗地说完任何一个故事。

他终于了解,在人生这条路上,每个人都是旅人,只有自己是田地,插秧或荒芜,烈日或风霜,每一个绿油油看似相同的夏季,只有自己知道差异。

他终于了解,学着自己承受敏感带来的一切痛楚多么重要,终于了解,越是深沉的郁闷越是多数时候在别人眼里只是轻描淡写的瘀青,因为情感里不是只有感性或理性,不是只有幼稚或成熟,还有太多彼此之间的牵连,太多失去和得到的记忆,所以怎么可能用一句话或一篇几百字、几千字的文章就能完好地、透彻地把任何一个故事说完?

有人说越长大越孤单，也许正是因为我们认识了更多的人，却无法拥有更久远的重叠，走过千秋万岁才发现，所有的收获者都是自己，所有悲欢离合都只能向自己投诉，所有的感受其实都是自己的，没有人能把细节点点滴滴地弄明白。

就好像我们都渐渐地，与这个世界疏离了。这是多么寂寞而真实的事。

"尽管如此，我们还是要认真地活着吧，也许失去的反面是得到，而疏离的反面却可能不是紧密，但我相信可以让我们感到富足的绝对不是只有能不能完整地跟谁说一个自己的故事，一定还有其他的方式。比如在时间长长的河流里的每一个短短当下，我们都温温热热地珍惜着，那也算是饱满生命的一种形式啊。所以不一定要有人懂完全的你，可是你要珍惜自己，珍惜别人，珍惜遇见和离别。然后你会发现，原来疏离的反面，就是珍惜。"

他说这些话的时候，像一个失去一切的老人，却拥有一生的澎湃。

学着自己承受
敏感带来的一切痛苦多么重要。

两个口袋

做自己是一种练习单纯的过程，
做人则是一种练习复杂的过程。

今天与政大的几位女孩见面，聊着要到政大演讲的内容，还有一点点彼此。很喜欢这样的感觉，觉得自己又开始了从与别人的对话中获得能量的日子。

"你是从什么时候开始变复杂的呢？"有一个名字很美的女孩问我。她笑得很腼腆，她说："这个问题会不会有点好笑？"

"不会的，"我说，"我想先问，你们觉得我复杂吗？"只见她们一阵沉默。我突然觉得我的问题可能比较好笑。

然后留着短头发、笑容开朗的女孩看了我一会儿，说话了："看你的文字时会觉得你很复杂，可是看到你本人，跟你说话的时候，会觉得你很单纯。"

"嗯。"我点点头，继续回答她们问的第一个问题，"在我开始发现自己有想要保护的东西的时候吧。我想，很多人的复杂也许就是这么开始的。当我们发现自己想要保护某些事、某些人的时候，我们会开始动脑筋，会开始感受到自己害怕失去的彷徨与不安。那就是我最初的复杂的开始吧。而我当时极尽想变得复杂，是因为我想要保护我爱的人的单纯。"

虽然后来我发现没有人能保护任何人的单纯，只有自己可以选择是不是要保持着。

"其实我不知道，单纯是好的还是坏的，又或是复杂是好的还是坏的。我不知道我们到底该单纯还是复杂。"戴着眼镜，一开始总用"您"来称呼我的女孩开口了。

我看了她们一会儿，又看了看天花板。"这是可以同时拥有的吧。"我说。

那就像我们帮自己准备了两个口袋，一个会随着我们遇到的人、经历的事而放进越来越多的东西，另外一个口袋则是保持净空的。当我们在充斥着事物的口袋里生活得累了，我们偶尔可以把自己放进另外一个口袋，就只是安安静静的，荒废一段时光，这样也许就够了。但很多人往往在长大时只为自己准备一个口袋，于是当时间不断地把人啊、事啊带进来，直到压得自己快要喘不过气，才发现那个口袋里，挤满了这些事物，却已经找不到自己的位置。

"所以，单纯和复杂是可以同时拥有的吧，只是要看我们如何使用。"我笑了笑，看着她们。她们清澈的眼睛突然让我觉得自己也许真的跟以前不　样了。

学生，原来是学着生活

我想起以前自己写的"学生学生，原来是学着生活"，而生活包括了做自己和做人，看着她们，我忍不住说，我现在想补充一下，我发现，原来做自己就是一种练习单纯的过程，而做人则是一种练习复杂的过程，可是，不要忘记，复杂是为了保护自己，单纯是为了善待别人。

把以前自己写过的句子，结合用在今晚，在回家的路上，觉得特别有力量。

记得很久以前一个朋友跟我说过，内向指的是对生活的力量来自与自己对话，而外向指的是来自与他人对话。以前我相信自己是内向的，因为很爱夜深人静时胡思乱想，现在我渐渐觉得，自己是同时内向也是外向的了。一个人的眼睛就是一个世界，于是每一场对话，都值得被收进口袋收藏着。

　　如果哪一天，我遇到了下一个我想爱的人，我要邀请他进入我那个空空的口袋，让那里单纯得只有我们两个，所有的位置，都是我们的了。这样真好。

不要在乎他们说话的表情，
不要在意风吹树叶的声音。

关于自欺

我们在成长中学会了
说对自己有利的话，
让那些懂我们心里的事实的人，
悄悄一步一步远离。

不能因为有人相信你的谎言，你就也一起坚信那是事实。

我们在成长中学会说对自己有利的话，自欺也欺人地去圆融别人眼里自己的样子，小心翼翼地踩着黑溜溜的石子搭建友善的小桥，让那些懂我们口里的事实的人拥挤于身边，让那些懂我们心里的事实的人悄悄循着小桥一步一步远离，不知不觉也无影无踪。你尽管保护好会让你坍塌的丑陋，尽管一次又一次催眠自己流连你嘴里的都是货真价实，甚至当在爱前面，你已经忘了怎么谈爱，所以你也忘了真心和真心疏远的快捷方式便是由那些义正词严的谎言一砖一瓦建筑而成的。

其实这感觉很远，很稀薄，就像感冒快要好，喉咙里有一点点痰，咳的时候不会痛，却隐约感觉不舒服。

不要太依赖自己的美好，
也不要太讨厌自己的丑陋。

幸福的时光

在最美好的地方仍有
避不开的现实，
在最现实的地方仍有
藏不住的美好。

"请问需要什么呢？"

"我要一份鸡排套餐。"

我点完烤鱿鱼后，排在我后面的男人马上一边点了他要的鸡排套餐，一边掏着零钱。

"你怎么会停在这里？"突然，一个女人从我的前方往回走，看了男人一眼，女人的左手牵着一个高度及腰的小男孩。

"我想买个东西吃，怕你们饿。"男人的语气突然变得有些心虚，却又有种说不上来的义正词严。

"你要停下来就要说啊，我们走那么远才发现你不见了。"女人边说边看了看摊贩的招牌，"那就买鱿鱼，鱿鱼热量比较低。"说着这些话的时候，女人的手仍牵着小男孩，我猜不到小男孩在想什么，但我没有看到他脸上露出任何的笑容。

男人听完后没有搭话。摊子里的小贩显得有些尴尬。

"我要一份烤鱿鱼。"女人说完话后，男人把刚好掏出的钱递给小贩。

"还需要其他的吗？"小贩接过钱时，礼貌地问了句。

"不用，我就说我要一份烤鱿鱼，你就给我一份烤鱿鱼就好了啊！"男人的声音有点激动，除了我，后面在排队的人中也有一部分抬起头看了他一会儿。

几分钟后，我带着我的烤鱿鱼，他带着他的烤鱿鱼，在几百平方米甚至几千平方米的六福村里，我们再也没遇上。

不知道怎么了，我看着他们离开的身影，觉得有些难过。他们为什么会来游乐园呢？为什么男人不愿意跟他的妻子说自己想吃鸡排呢？为什么女人在点餐前没有想过先询问她的先生呢？为什么小男孩的脸上始终没有笑容呢？还是，其实他们都想过，只是因为某些我还无法体会和揣测的原因，又哽在喉咙里。

我突然想起了很多很多的故事，那些我从来无法一次说明白的故事。

这辈子会有几次返老还童的时刻

如果我们与相爱的人还不够坦白、成熟，我们能步入婚姻吗？我们能拥有孩子吗？我明白很多事情不能等准备好了才迎接，甚至是准备好了仍可能出现严重的差错。我觉得我难过的不是有没有准备好，而是他们是一家人，却过得那么单一、孤独，小到连简单的决定都不踏实。（好吧，也许他们自己不这么认为，也许他们曾经是坦白、成熟的，那么，是什么让他们走到今天的呢？）

小男孩面无表情的脸庞，是让我最难过的，如果这是孩子的游乐园，除了孩子笑得灿烂，大人应该更快乐才对——因为自己的孩子快乐，所以自己快乐。因为这里难得让自己有机会能再当一回孩子。

我记得他曾说，大人这辈子会有几次返老还童的时刻，就是在与自己的孩子玩乐时。当时我们在基隆的望幽谷看着一个爸爸拉着风筝，一个小男孩在爸爸的身后跟着他跑。他说，你看，那个爸爸可能很久没有笑得这么单纯了，他为了把这个孩子养大，要去面对多少社会上的风雨。他说完后，我没有答话，我们就这样看着他们看到出神。

而今天的这对父母与孩子，没有风筝、没有草地，花几百块钱，来到骆驼不自由、马儿只能被牵着走，由诸多的憧憬堆砌成的乐园里，却仍抛不开那么多的现实，我想我是相信的，无论环境如何变换，我们仍有无法逃脱的现实——金钱、人际、家庭、工作，甚至是如这个女人一般的，仅是热量就是她的现实。

可能，也许就是这样的，**在最美好的地方仍有避不开的现实，在最现实的地方仍有藏不住的美好**。当我们渐渐长大，承载了越来越多的不堪和祝福时，就明白了越来越多的丑陋和温柔，我们要练习的不再只是与它们和平共处，更是要在这些成为我们与他人联结的时候，更细心体贴地对待我们所爱、所想要、所决定珍惜的人。

默默地在与妹妹们唱歌的时光里完成了这个故事，我用不纯熟的唱腔唱了一首《幸福的时光》。妹妹说，今天去游乐园，她好开心好开心，就像这几天整理家时找到的小学二年级联络本里的生活花絮，她每天的结尾都是"我今天好开心"，那么开心。

其实我是很想哭的，因为我在妹妹他们身上看见了，所谓幸福的时光，并不完全是单纯的一无所知而快乐，而是即使明白这世界的荒芜，仍然鼓噪着心跳去相信、去感受、去百分之百地在某一个允许自己单纯的时刻放肆地因为害怕而尖叫、因为开心而大笑，不管任何形象，让幸福的时光延续到复杂的现实生活里。

我们总要学会为自己的幸福负责，

当然还有悲伤。

致正在勇敢突破与改变的
他和他们

每一种心疼都无济于事，
只能让自己的努力
等比地成为能力。
这是和努力一样重要的事。

"亲爱的，我不知道过去的你是怎么样的人，但我知道现在的你真的很努力地突破很多事情，我觉得，这是最难的，而你正在经历，你愿意并且勇敢地在经历，这就是最珍贵的事了。感觉很像是蝴蝶从茧里面挣脱的时候吧，一点点的微风都像在反驳它的蜕变，但蜕变永远是自己的事，只有自己知道我们成长了多少。所以，加油。敏感的人很辛苦，但也很幸福。"

每一种心疼都无济于事，只能让自己的努力等比地成为能力。这是和努力一样重要的事。加油。别人的眼光有时候恰恰给了我们勇敢地检视自己的机会。

敏感的人很辛苦，
但也很幸福。

Chapter 1

以梦为锚

现实的反面就是实现

约 定

我们很多年很多年后，
再见。
愿你已不是现在的你，
但不改现在的你。

几个月前他曾问我，在我们走来的这些日子里，这些低潮与难熬，是让我们变得成熟还是世故？

我想起了我给自己的期许——不需要当一个改变世界的人，但要成为一个不被世界改变的人。但常常，我又嚷嚷着我想变得更好、更真、更如何如何，而这样的改变，不就是来自与世界碰撞、对话的结果吗？

"成熟会不会指的是，我们承认自己会被环境改变，但我们没有放弃意识和思考，而不是放任环境对我们的影响，就这样毫无意识地生活下去？"

我看着他发来的信息，也许这样的他，就是一种成熟吧。

于是我这么回应他。

"我知道你不会放弃，这么多年了，你都没有放弃，我也没有放弃，才让这么美好的我们相遇。我喜欢我们有着一样的频率，很平凡，但因为彼此交流和对生活充满意识而不平庸。"

要去意识那些改变

我渐渐明白，我们难免会被环境改变，所以重点是，我们要去意识那会让我们有好的改变或坏的改变（而也许好坏的评判是来自个人与世界对话的结果，但至少我们愿意去对话了），只要对自己有意识，像现在的你，我相信那都是成熟的。

每每听见你的故事总是很心疼你，但我知道那让你的心智与他人不同，那样的不同，不是扭曲和偏激，而是你更加频繁地思考、检视、反省，于是成熟，于是进步。

你要相信，在变动或日复一日的生活里，要相信自己的意义不是构筑在我们遇到的事情和世界之上，而是在于我们如何与世界对话、从世界里吸收了什么进入，自己接着进行转换，然后还给世界。

你要相信，不是因为一件事情有意义我们才要去做，比起这个，更重要的是如何让我们做的事情对我们产生意义，这样的话，我们对世界的态度就会变得很开朗，所有的事情都值得尝试了。你要相信，我们不是被所谓意义捆绑的会说话的哑巴，无法也不敢为自己发声。

我们不需要太潇洒，绝对要为离别大哭一场，但我们不能忘了要辽阔地去生活，才对得起生命的限制，才对得起自己每一次望向天荒地老的眼光。

"能不能答应我，你不要放弃？我希望你一直是这样的你。"他说。

"好，你也不要放弃。我也不要你放弃。"我说。

世界蕴含着庞大智慧

于是我们在道别的那一天，在再也看不见彼此的地方，打了钩钩，做了约定。他的飞机要起飞了，我总喜欢在他身边看着飞机线，看好久好久，我每次都一定会说："我好难过啊，上面载的，不是离别，就是久别重逢。而这一次载的，却是我们的分离。"

旅程总是不间断的精彩与不间断的道别吧，而如果你要飞往的国度充满幸福，我会义无反顾地祝福。但你答应我了，勇敢承认世界对我们的改变，因为世界蕴含着比任何 ·个自我还要庞大的智慧，只是我们是不是有能力去抓取与收藏，然后，不要放弃这样的生活。

别忘了你答应我了。

我们很多年很多年后，再见。

一定要再见的。愿你已不是现在的你，但不改现在的你。

再见。再见。

Chapter 2

以爱为名

谢谢你认出了我

"有些人一转身就不见了，你却记得。"

「我害怕的不是这些故事会被你忘记，
而是怕你忘了，我却还记得。」
无处可去的回忆，终究在心底封尘成了寂寞。

不存在的情人

原来我们最初爱上的、
我们想象出来的他，
从不存在。

这是一天里房间最美的光景，十一月初下午的四点三十九分。

我们对坐着，聊着不同于以往的爱情。今年已经是网络发达、社交平台四起的二零一五年了啊，而所谓的以往，是没有脸书和Line（连我）这些免费而实时通信软件的时代，只能从看着他的眼睛开始爱起的日子。

他说，他很喜欢收到她的信息的感觉，还有那些夜深人静时小框框的热络，可是看着她走向自己，总莫名地感到尴尬，好像多了一层什么。这不是很诡异吗？应该是每晚的谈话多了网络的距离才对，此刻他遇见的才是真正的她呀。她对他说："当你在我身边的时候我无法感觉到你对我的爱，只有在晚上、在书桌上的小框框里，我才相信你是喜欢我的。"多么讽刺。我听了浑身不舒服。

从什么时候开始，我们对一个人的感觉，会先从数字入手，再从本人的眼睛里去确认；从什么时候开始，我们的喜欢，会凌驾着网络先跑出来，再从拥抱时去感受。**喜欢原来是这样的吗？**有太多的人说着这样的故事，每天每天，聊着聊着，习惯了彼此的存在就在一起了，而在一起后，再去磨合实际见面的尴尬和悸动。

我想起了两年前的他，我们暧昧着，却也在暧昧时结束了，他问我："你在耍我吗？我们传信息的时候不是都好好的吗？怎么一见面，和你一告白就什么都结束了？"我无法解释原因，无法告诉他，我也不知道为什么，收到他的信息我会开心地笑出来，但看到他本人，就觉得少了什么。但本人应该是什么都没少才对，甚至没了距离啊。

我哭着转身，他在最后一席话里说着："我从没想过，我竟然会喜欢上一个我连声音都还没听习惯的人。"我从此失去了他的消息，只在两年后，大概一个月前，在地铁上巧遇他，但我选择擦肩而过，他看着我，我什么也没说，只是快步离开。原来我们不过是被网络摆了一道，我不知道如何拥有，也不想尝试这样的爱情，我无法对不起自己，只能选择对不起他。

从什么时候开始，我们习惯了先相爱再相处，甚至，不是在生活里相爱，而是在夜半的小框框里。想起这些，我是很难受的，我皱着眉看向他，忍不住提出我的困惑。

爱上想象中的彼此

我们不是应该越来越清楚自己的样子，越来越明白自己会被什么样的本质吸引吗？怎么会在这样的时代，我们不是因为本质而相互欣赏，反而是越来越以包装好的自己互相吸引呢？本质变成了相爱以后再去发现的事。若发现不是自己喜欢的，便要难受地分开；若发现自己只是没那么爱，便将就地爱着，久了也就不想花力气去想分开了。有多少恋爱，是心底知道没那么爱，却怕没有人爱，而将就着不分开；又有多少恋爱，输给了想象的落差，却不甘心自己已经投入了时间和情感，而选择继续爱？

多么可怕，我们先去爱想象中的彼此，再去磨合真实的样子。

而那样的想象，与以前大大不同。以前的想象是看着真实的他，想象他的心。现在的想象是看着他的照片、文字和贴图，想象真实的他。而他的心呢，先爱再说。

于是我们开始困惑，好像以为自己已经把真实的自己交出去了，可怎么还是一无所获？回过头来才发现，不过是在与自己的感受恋爱，而这样的感受倒映在另一个人的眼睛里，不想亏欠，不想当坏人，于是为了不对不起别人，而选择对不起自己。

啊，原来我们最初爱上的、我们想象出来的他，从不存在。

写到这里，我还是忍不住地难受。我想起要来回骑近三个小时的车程，却只为了看我一眼的他。未来当我决定再爱时，我还是要继续如此真实和炽热，我相信我也会在想念最强烈的那一刻，奋不顾身地到他的身边，只为了看他一眼。那是小框框里的一百句"爱你"都相抵不来的真心。

世界上的每一个人啊，
都能挨得住所有的低潮和寂寞，
他们挨不住的，
是没有人在乎这些感受。

我们各有各的狂妄

活在这个世界上，
是不可能不受伤的，
也不可能从来没有伤害过别人。

你是太远的路，我是太清澈的河，我们各有各的四季，各有各的漂流与荒凉。我们的天空不一样蓝，我们的土壤不一样深，我们各有各的狂妄，各有各的牵挂。我们各有各的好（只是没有在一起）。

所以，最后，我相信，一个人活在这个世界上，是不可能不受伤的，也不可能从来没有去伤害过别人，因为这个世界从来都不是那么美好，我相信美好的是我们面对世界的方式和态度，而不完全是我们发生的这些事情本身。

我们在各自的生活里迷惘，把对方惦记成一个圈，所有的快乐都被放在里面，而所有的遗憾，要被放在外面，才有机会随风散去。

至少我们从未愚弄过爱情，

我们都明白当时满溢的情感并不虚假。

河堤散步

我们习惯了每一次都错过，
因为没有人因此把自己葬送给爱情。

"如果可以选择，你希望我们老了以后会是谁先离开人世？"

一般女生应该会问男朋友"如果我和你妈一起掉到河里，你会先救谁？"这种看似浪漫、实则毫无道理的问题，但不知道为什么，当时的我却不想问这些。

"如果可以，我希望你比我早离开。"

你很平静，双眼看着远方。我还记得你的语气，充满坚定。

"该不会是因为'分离太痛苦，所以我希望由我来承受'这种番石榴的原因吧？"我轻笑，笑你不懂浪漫。

"这表示我会照顾你到最后，这样我才安心。"你看向我，微微皱眉，嘴角却有着藏不住的笑意，溢出无尽的疼溺。原来是我不懂你的浪漫。

你摸了摸我的头。"傻瓜。"你说。

也许我真的不够聪明，我没有想到，如果是我先离开，那么那一天，便是你的末日，就像当你先走一步，我也会痛彻心扉，生不如死。

后来，我们都忘了曾经炽热发生过的后来，我们都款款离开了。

那一年的气候被埋在深深的谷底，有一座小小的墓碑，上头没有名字。我们久久会去看它一次，却从来没有相遇，我们习惯了每一次都错过。

因为没有人因此把自己葬送给爱情。

因为我们都知道，生命难免有着轻轻的、彼此的胎记。

"他只是离开了，又不是世界末日。"有时候最重和最轻的，都是眼泪。

Chapter 2

以爱为名

谢谢你认出了我

后来，我们都忘了曾经
炽热发生过的后来，
我们都款款离开了。

你才是太阳。

是你让我闪闪发亮。

我只是借了你的柔软，

因为喜欢你，

所以甘心全心温热着你。

你会发现吗？

你才是太阳。

闪闪发亮又好温暖的太阳。

太阳

如果我能举起月亮，
我能照亮你吗？
我是说，你会发现吗？
我的耀眼是因为有你的温柔凝视，
我只是月亮，不会发光的月亮，
而你是太阳。

是你让我闪闪发亮，
我只是借了你的柔软。

想念周期

原来，有很多误会
是来自不一样的想念周期。

昨晚零点十八分，她的名字出现在手机屏幕上，我接了起来，直觉接这通电话我要毫无保留地温柔。

"喂……"

"……"

"你还好吗？"我说得很轻，她开始大哭。

原来她被误会了。我这才明白，原来，有很多误会是来自不一样的想念周期。

我只是想让你知道，我很想你

我们久久会有一次，很想很想某一个人，于是顺手打通了他的电话，或是透过现在兴盛的通信软件传一个简单的贴图给他，他不一定会马上回复，我们有时候会在意他回复的速度，有时候不会。我们只是想让对方知道自己的想念，说出口，或用任何想象得到的其中一种方式表达，感觉就好多了。

有时候，我们觉得应该要得到回复，发疯地认为，他应该也要这么想念自己。我们是朋友啊，如果他没有在我们可以忍受的时间内回复，我们会无比失落，莫名地启动友情松动模式，开始发着呆，开始想：这就是长大吧，这就是友情吧，每个人活得越来越精彩，越来越独立，却也越来越寂寞，这就是无可避免的疏离吧。

可是，真的是这样吗？

"我没有不想他啊，只是我现在真的好累。"她边哭边说。

会不会有时候，只是彼此的想念周期不一样？想念周期会依着每个人独一的生活步调而不同。

我们想念的时候，对方正为自己的理想努力着；而对方想念的时候，我们正为生活而烦恼着。但这并不代表想念不存在，不代表彼此不在意对方，不代表一切可能没有交集的未来可以这么轻易否决曾经紧紧重叠的从前。

挂上电话，我的脑海里闪过好多人的脸，我想起身边很多朋友。谢谢当我们在这样的周期里误会了彼此几次以后，在见面时，还是能自在地拥抱，让这些不重叠的想念没有白费。

几分钟后，手机屏幕浮现她发来的短信："谢谢你接了。"

我看了很久，轻轻地笑了。

多年的老朋友，这一句"谢谢"，我知道不是客套，而是为彼此生活里浅浅的交集感到饱满与释然。

在我们刚刚好不是正在想念却需要彼此的时候，耳边的、眼里的每一句话，都带着刚刚好的温度和温柔。

谢谢当我们误会了彼此以后，

还是能自在地拥抱，

让这些不重叠的想念没有白费。

Chapter 2

以爱为名

谢谢你认出了我

当我们温柔地对待自己

爱一个人，
是愿意诚实面对全部的自己。

昨天，她和我一起躺在我的小单人床上。我们以前是一起躺在双人床上的，一样的被单和床套。我们一起做过很多事，连失恋也一起了。

"我突然懂了，爱一个人的全部，不只是单纯地爱他的优点和缺点，还愿意去承受拥有他的幸福和失去他的痛苦，愿意去体会这些心跳和心碎；我甚至渐渐觉得，爱一个人，是愿意诚实面对全部的自己。诚实是需要勇气的，因为那往往带点遗憾和疼痛，所以如果我们诚实了，就算心酸酸的，也要给自己鼓励，因为这样的我们，好勇敢好勇敢。"

她的眼泪停不下来，我的心灼热地疼着，却没有半滴眼泪。这是我第一次明白，什么是痛到哭不出来。是不是我们很爱一个人，却发现在他的眼睛里，自己的影子只剩下浅浅轻轻的缅怀，才会有这样的觉悟，哭不出来，甚至痛得全身频频发麻，却还是忍不住想问，是不是还有机会？还有机会的吧？还有机会吗？

她继续哭着，她说："对，就是这样，我睡不着，我只要想着他我就睡不着，我好难受，但我不知道谁可以来救我，你告诉我该怎么办才好，我该怎么办才好。"我很用力地牵起她的手。现在的她，就像那天的我一样，疼痛得只剩下流泪的力气。

喜欢不会失去意义

"嘿，你有没有发现一件事？"我说。她没有说话，只是看着我，我继续说："当我们太清楚地发现自己喜欢某一个人，并且那个人也喜欢着自己，我们会习惯并享受自己这样的喜欢，就算有时候难免会小心翼翼，但那也只是太害怕失去。然后，等有一天他不喜欢我们了，我们却还是那么深情地喜欢着他，那时候，我们的喜欢好像瞬间就失去了意义。"

她依旧没有说话。

"但我相信不会没有意义的。"我说。她把我的手牵得好紧好紧，我知道她的胸口已经灼热得快要窒息。

"很多人说要把握时间，但我后来才发现，把握机会比把握时间更难，尤其是在爱情里。就算我们都最珍惜那些他们愿意亲吻我们、拥抱我们的日子，但机会错过了就是错过了。没有人能保证是不是再也没有机会，或是一定有机会，但这一次的错过，就一定会有事情改变了。"

说着这些话的我，好像也在安慰自己。这是一段很难去厘清的时光，我清楚地明白着，我身旁的她正经历着与我一样的感受，然后我们说了一些抱怨的话，像"他们怎么可以这样，我们一定要很优雅、很潇洒地转身，要让他们后悔"，我们说了很多这些当下说完会觉得好一点但心里明白那只是气话的话。

她说："真的谢谢你在。"我也用一样的眼睛看着她，还好有她在。尽管我们都正受着伤，尽管我们看着彼此的眼睛，会忍不住地哭出来，但谢谢这些时候有彼此替自己看清，于是让自己学会看清，也让自己学会张开耳朵，倾听自己的声音。

我说，很多人是这样的，我不确定她的他是不是如此，这只是我的一种解释。有很多人啊，会强迫自己不去想、不去碰，强迫自己去坚持爱某一个人或远离某一个人，这不一定与道德感有关，只是因为他在另一段感情里疲乏了、累了。我们都不能去怪他，每个人的疼痛都有自己的解决办法，尽管我们想了好多好多，甚至是太多太多，可以为他好、可以和他一起生活的样子，可惜再多的想象都留不住他。

"因为我们都没有说，说了，也许就不一样了。"我说，"所以下一次，我们要学会适时地说心里话。"

她和我很像，我们不是那种很容易可以把自己最心底的感情说出来的人，也不是那种可以很容易爱上一个人的人，所以受伤的时候是会痛进心里的，所以想念的时候是会受不了的，感觉自己的心快要碎掉了。因为那么多的不容易，自己却如此爱上了、感受了、走向他了。

"都会好起来的。"我说，尽管我也正在好起来的路上。

"我觉得才几天你变了好多。"她说。

"因为我想要温柔地对待自己。"我说，"这样才不会伤害到自己，甚至不会去伤害我们不想伤害的人。"

那时的我发现，痛，还是存在，却可以开始试着勇敢地继续生活了。愿我们都能成为那样的女人，为爱付出，为爱勇敢，为爱疼痛，也为爱愿意对自己温柔的人。

而我指的"温柔"不是软弱，是诚实地想念他，轻轻地想念那些故事，然后在生活的轮转里，继续前进。

为爱付出，

为爱勇敢，

也为爱愿意对自己温柔。

最幸运的事

原来最幸运的事，
是我们在一个人身上学到收拾失去的能力。

我和她勾着手，走过长长的街，地铁的声音大了又小，小了又大。我说，当时的我就是这样和他在这里大哭又大笑，当时的我就是这样勾着他，跟他耍赖，而当时的他总是用疼爱的眼神看着我，好像这一辈子，我都不用害怕会失去他，他会一直站在那里温柔地看着我。

我跟她说了很多我们的故事，说完之后，我却不再像以前一样忍不住大哭了。

"因为我知道他改变了。"我说。纵使我不知道这样的改变是逃避还是进步，但事实就是改变了。

我突然想起自己很久很久以前的日记。

"当你哭泣，他们会说你软弱；当你勇敢，他们会说你逞强；当你温柔，他们会说你矫情；当你冷漠，他们会说你不近人情。该怎么办呢？你想找到最好的版本的自己，但每一次印刷，总会有缺页，总会有瑕疵。其实我们都不会找到最好的我们吧，因为根本就没有最好的我们。我们时时刻刻改变着。明天的想法可能一转眼就与今天不同了，今天你觉得他很体贴，明天可能就觉得他是累赘；今天你觉得他很碍眼，明天可能就觉得他其实挺可爱的。我们改变着，别人也改变着，没有最好的版本，只有当下，只有此刻，你怎么想，你怎么做，你吻了谁，你伤了谁。"

原本我以为，最幸运的事是可以和自己深爱的人一直把手紧牵着，后来我才明白，最幸运的事，是我们可以在一个人身上发生只有我与他才会发生的心理变化，是在这个人身上看到了与众不同的风景，那让自己明白了其实美好的意义不止一种，而在彼此身上的那一种意义，在分开以后，会转换成养分而不是逐渐溃烂，会滋养出另一个新的自己而不是让自己被掏空。

原来最幸运的事，是我们在一个人身上学到收拾失去的能力。

那不一定会让原本的疼痛舒缓，但会让自己更愿意去处理和面对失去。因为我们知道，所有的所有，都会换来成长，都会为明天多添一些改变、一些盼望。

为了爱而一次次进步

"在每一次的恋情结束之后，都应该要进步，这样每一次的相爱才有意义。"这是我们在一起前，他打动我的话，"如果你始终没有进步，一直在一样的循环里，要怎么安心去爱别人呢？"

此刻，我想着这段话，想着我是否真的进步了，他又是否真的进步了。我们在追求进步的时候，是不是真的踏实或安心了，或是我们有一天也会忍不住流于平庸地去烦恼和相爱。我不知道他的心思，但我是明白自己的，在经历他以后，我要的爱情的样子，更完整也更清楚了。也许最后，他用他的转身，教会了我这句话。

那天，我在日记的最后一行这么写着。写完后，这一切好像不那么令人害怕了。

"与昨日的遗憾和好，与明日的盼望慢慢相爱、慢慢变老。"

有多深刻就有多舍不得。因为遇见你是我此生最幸运的事。

与昨日的遗憾和好，
与明日的盼望慢慢相爱、
慢慢变老。

迷路日记

就这样好好地消失吧，

别再出现了，

因为你无法回应我的想念。

　　他曾毫无保留地爱上一个女人，女人的一颦一笑，女人的优雅与失控，都令他发狂、着迷。他不是那种高高壮壮的男人，而是身形纤细，还有一点点驼背。白白的脸蛋，眼角下方有一些小雀斑，棕色的鬈发，声音小小的，在女人眼里，他像一只听话的家犬，可是女人要的是野马。他是知道的，可他还是愿意相信，温柔可以收买疯狂，直到女人吻上了另一个高个子的俊俏男人，他才发现自己出售了青春，买家却从来不是女人。

　　于是，他离开了女人所住的城市。然后，他遇见了另一个男人。

　　那个男人个子高高的，和他一样话不多，皮肤有些黝黑，留着干净的平头，喜欢晨跑。他们变成了朋友，接着，变成了恋人。他们会一起晨跑，然后在街角亲吻，接着反方向地回到各自的家，开始新的一天。

那天，女人拖着行李，来到了他的城市，看见他和男人亲吻的样子。他推开了男人，与女人对视着，然后，跑开了。他不敢去问，女人是不是来找他的。当然，女人确实是来找他的。

他对这样的遇见不可自拔地感到羞赧，却无法对自己解释。要说他是因为失恋才爱上他的，这样的论断太绝对，我不会采信，他也是。

故事的结局我还没有决定，如果我真的认识他，我相信他会自己去决定的。

爱的最大自由就是毫无限度，因为有时候我们也控制不了自己的心，但也代表了有时候爱的伤害巨大得无法掌握，因为我们控制不了别人的心，其坚强或脆弱，是否和自己相同。

写了一个虚构的小故事，有时候故事是假的，情感却是真的吧。

"Et c'est parfois trop dur de discerner l'amour（有时候认清爱情真的好难）。"

Et c'est parfois trop dur de discerner l'amour.

有时候认清爱情真的好难。

Chapter 2
以爱为名
谢谢你认出了我

分开的树

我们就像分开的树，
感情像土壤里的根，
看不见，但是层层交替。

蘑菇小姐有着古怪的脾气，聪明的汤先生偏偏喜欢这样的她。

结婚那天晚上，两人约好了只相拥入睡，安安静静的，一觉到天亮。

洗好澡的蘑菇小姐，擦了点茉莉花香的乳液，一骨碌地溜进汤先生怀里，蘑菇小姐突然有一种想要就这样把自己种在他身上的感觉，她不要有任何机会跟汤先生分开，一点缝隙都不要。

"你说为什么不能冠妻姓呢，或是不要冠谁的姓，我俩何不就用同一个名字——蘑菇汤？你看，多可爱。要不我俩就用同一个名字吧。"蘑菇小姐低喃，"你看，这样别人一喊'蘑菇汤'，我们就会一起回头，多可爱，多可爱啊。"

"我们是两个人，怎么可以用同一个名字呢？"汤先生说。

"可是我们在一起了不是吗？我们在一起了。"蘑菇小姐反驳。

"我们在一起了，但我们是两个人。"

"什么意思，你是什么意思？"蘑菇小姐推开汤先生，但聪明的汤先生用刚刚好的力道抱着她，让她不能完全地推开自己。蘑菇小姐瞪着汤先生，赌着气，歪着头。

"两个人"啊，"两个人"，在她想把自己种在汤先生身上的念头强烈到差点让自己的心跳停止时，这几个字变得好刺耳。

"那我们什么时候能真正地在一起呢？我是说，就像草莓酱涂在吐司上那样，黏黏的，紧密的，涂上去就不可能完全分开了。我想要我们那样在一起。"

汤先生轻轻地亲了蘑菇小姐的鼻子。

"你亲错地方了！额头才是最浪漫的地方。"蘑菇小姐边说边再一次一骨碌地溜进汤先生的怀里，熟悉的茉莉花香在汤先生鼻子边又浓郁了起来。

"亲额头你就不会自己回来了。"在蘑菇小姐看不到的视角，汤先生笑了笑，偷偷把蘑菇小姐抱得更紧一点。

"如果不能用同一个名字，那你教我，要怎么样才能把我种在你身上？"

脾气古怪的蘑菇小姐就是不要跟聪明的汤先生分开。

"傻瓜。"汤先生说。

不要想办法证明我们在一起

我们原本就是分开的啊，我们是两个个体，可是不要担心，我们就像分开的树，感情就像土壤里的根，看不见，但是层层交替，也错综复杂，你很难去想象，我是因为你的哪一次笑容才决定就这么爱下去，给你想要的幸福；你很难猜到，我的心动是怎么开始的，太多原因了，感情有太多旁枝末节，从来都解释不清，所以，我要跟你在一起，然后用这一辈子去解释。你会懂的，我知道你会懂的。

我们都是分开的树，不管是情人、亲人还是朋友。就像是，你看，行人道上的行人们，看起来都是一个个分开的个体，可是土壤下谁知道谁的眼角偷偷勾起了谁的笑意，又攀上了谁的心头，这些是看不到的，就像我们在一起，那是看不见的情感，可是我们知道它存在。你懂的，我们在一起，我们是在一起的。

可是啊，可是，亲爱的蘑菇小姐，你得知道，你不可能清楚明白我的每一根枝干触及的灵魂，没有两棵树的根是完全交缠，而不与其他的树遇见、错过或相识一笑的。这就是人生啊，有着意外的悸动、意外的邂逅，你不可能完整地了解我的以前，就像我也不能完整地体会你曾经在他人身上有过的感受，但我们不会因此不喜欢对方，不信任对方。我知道我们不会。

所以，蘑菇小姐，不要去想办法证明我们在一起，我们已经够幸运了，你就在我身边，我是你右边的树，分开但是在一起的树。

"你睡着了吗？"汤先生挪了挪身体。蘑菇小姐没有回应。

"每一份感情都是生命里的养分，不管后来的结束是狼狈地收拾还是小心翼翼地收藏，我们都会因此越长越高，看到越来越多不同的风景，或是成为同一片因高度而渐渐改变的风景……"

"嗯，我喜欢……你……"蘑菇小姐闭着眼动了动身体，左手搭上汤先生的右肩。

　　汤先生知道她是睡着了。

　　"我也喜欢你。"他轻轻地亲了蘑菇小姐的额头。"晚安。"汤先生说。

　　蘑菇小姐有古怪的脾气，聪明的汤先生就是喜欢这样的她。

你就在我身边，

我是你右边的树，

分开但是在一起的树。

145 谢谢你认出了我

你不要害怕失眠噢

希望你合上眼的时候，
能看见我为你实现的愿望，
还有我。

如果你失眠了，那表示我正在你的梦里帮你造梦，好让你合上眼的时候，能看见我为你实现的愿望，还有我。

你相信吗？我相信。就当是真的吧，好让我的天真有个地方可以去。

就当是真的吧，
好让我的天真有个地方可以去。

树洞里的兔子

在我望着天空，
努力忍住不哭的时候，
你会不会惊喜地出现？

从前，有一只住在树洞里的兔子，它有着凌乱的树洞房子。另一只兔子敲敲它的门，问："我可以进来吗？""不行，我的树洞很乱。"树洞里的兔子说。"没关系啊，我可以帮你整理。"树洞外的兔子说。于是，树洞里的兔子打开门，让树洞外的兔子进去了。

它们一起整理了树洞，然后玩了一个下午。树洞又乱了。原本在树洞里的兔子说："你可以先到外面等我吗？我整理好再告诉你。"原本在树洞外的兔子说："我帮你整理吧。""不用啦，我想自己整理。"原本在树洞里的兔子打开门，把另一只兔子推了出去。

树洞外的兔子用力地敲了敲门："让我进去帮你一起整理

吧。""不要啦，你等我一下，再等我一下。"它们隔着门对话，然后树洞外面没有声音了。树洞里的兔子很紧张，它打开树洞的门，发现树洞外的兔子累得睡着了。它轻轻地摸了摸树洞外的兔子的脸："再等我一下。"然后它关起门，回到树洞里。这句话太轻太轻，树洞外的兔子因为太累太累，睡得太深太深，所以始终没有听到。

"你好了没?"树洞里的兔子继续整理着，却没有听到这句问候。它以为树洞外的兔子继续沉睡着，但是，睡好久了。**树洞里的兔子决定再开门看看。然后，树洞的外面没有兔子了。**

只有一地的落叶和不着边际的小虫子。原来秋天来了啊。树洞里的兔子才突然发现，原来夏天走了。它好像都还来不及哭呢。

（会不会你只是去采花了，在我望着天空努力忍住不哭的时候，你会惊喜地拍拍我的肩说："嘿，你出来啦，别哭了，这是给你的花，我还带了蛋糕，我知道你喜欢千层派，我们进去吧。"）

你多等我一下吧

你以为的永远，
到头来，
只是一眨眼。

你多等我一下吧。

你多说些话吧，不要避开我。你多聊些生活吧，不要见怪。你住的旧公寓外头，整面墙都是九重葛，我现在才看到。你的窗帘换了一种颜色，我是在意的，快走到你家的时候，那好像不是你的窗了，我是说，那好像不是我的窗了。生锈的楼梯把手是褐色的，掉漆的铁门是浅蓝色的，我现在才看到。我好像看不到你在客厅的样子，或是你切水果的样子，还有你把千层蛋糕偷偷放进冰箱的样子。

我们分手的时候，我得想想是为什么，但这似乎是想不清楚的事，好像得花一辈子去印证。怎么会呢？你在心里越远就越深刻。那些路和街头，那些半夜和巷口，你不在的时候突然都变得清楚了。

你的声音我好像还听得见。

　　你不能也不该更不会等的，等我想好，等我说好或不好。我也不要你等，于是我们有默契地走了，我猜你也想着，这样是好的。可是怎么会呢？当我回过头，你也回过头，我们看见了彼此，却已经错过。

也许我们都是云吧

不知道一棵树要失去多少黄昏,
才能等来一只画眉。

"我以为天空是最远的地方,原来你才是。"

从我认识他的时候开始,他总会传音乐给我,尤其是没有歌词的音乐,第一首是樱花什么什么的吧,我已经忘了,但我总是开心的,喜欢音乐的他,总有独特的耳朵。想想,那是好久以前的事了。我们自改变以后,再也不相爱了。只是偶尔,在我失恋的时候,他总会传几首歌给我。

我突然想起那天我们坐在河堤上,他看着我,像被吸引着,也像在平静的凝视中享受着,我们对彼此总有一种吸引力,我是知道的。他的眼神和那年一样温柔,我不敢看太久,怕自己会忍不住掉进去。我说:"如果二十八岁了没有人要我怎么办?"他笑着说:

"有啊，我要啊。"依旧看着我。我没有说，我要是再多看他一眼，我就会相信。

十六岁的时候，不知道二十三岁的爱情长这个样子，二十三岁的时候又会盼望二十八岁时爱情的样子。

那晚，他像忍不住地摸了摸我的头，那一刻我自然地笑着，然后低下头，很努力地忍住泪水。每一个人都有一种温柔，多么好，你能给的，是我要的；又是多么可惜，你想给的人，不再是我。

频率不只包括了沟通、恋爱，还有大至未来的目标，小至相视一笑的悸动。我们都曾放弃那样的悸动，假如没有人放弃，是不是就没有如果了？

我们是不是还能没有如果？我们是不是已经没有如果了？

我想起自己在去年的此刻写下："小时候以为自己与他人的沟通学好了才会过得快乐，因为好人缘让自己变得有自信、让生活变得精彩。长大以后才知道，自己与自己的沟通学好了才会快乐，因为来自别人的自信就会在别人眼里崩塌。**以前学着解决自己与他人，现在学着解决自己与自己。**"

人是不是在失去的时候，才会与自己有最多的对话，越是偏执，到最后却惹得一身难以脱离的疼痛？也许迟了一些，就像当年你的到来，就像此刻我的离开。也许迟了一些，但你还是来了，但我还是走了。我们自始至终，都像迟到的兔子，逃不了被放大又缩小的命运，却在梦醒时分发现谁也不是爱丽丝，童话依旧收藏在书架上，我们原来只是我和你，不是我们。

不知道要有多大的勇气才能去相信，原来认命就是承认失去；要有多大的力气，才能提起受伤的脚步，离开支离破碎的命运。不知道要有多少的相信、多少的怀疑、多少的看不清或认清，才能坦然地转身，看似优雅地说一句"这一段又哭又笑的爱情，谢谢有你"。

在回家的路上，我看着逐渐昏暗的天空，突然想着，也许我们都是云吧，千变万化，哭过后会变浅、变淡、变轻，然后朝着夕阳的方向散去。

"这一路走得很颠簸，但那么幸运，那么感谢是你。"

所以我不会忘记那些，所以我会想念你，在你看不见、不知道的时刻，我知道这些记忆会温热我，尽管故事已经快要失温，也希望能给我们最后一丝丝力量，再去相爱一场。

然后，好好地飞，好好地活。

"我在想，也许我们都是云吧，千变万化，哭过后会变淡、变浅、变轻，然后朝着夕阳的方向散去。"

最后一朵花没有名字

我们习惯用很多的秘密保护自己，
然后再被很多的秘密伤害。

想念不等于相爱，相爱却注定要相思。

有些时候是这样的吧，你会在公交车转弯的路口，想起某个人的面孔；会在某一首歌的前奏，想起赛百味的蜂蜜燕麦面包；会在某一个舒服的温度，想起他第一次约你出来时的紧张与兴奋，想起你的告白，想起他的失控，想起容不下后悔的转身。

也许你从来没有后悔过，只是忘了计算离别也要有的心伤。

"我喜欢你，喜欢到我会忍不住去想象你未来的样子，我是知道的，未来的你，会比现在更美丽、知性，比现在更自傲，却也比现在更谦卑。"

"你怎么知道？"当时的你挑了挑眉，忍不住的笑意终究只是笑意，增长不成爱意。

"我就是知道。"他说，目光沉甸甸地看着你，好像要把你看穿，"因为你有一双清澈的眼睛，眼睛里面却住着深邃的灵魂。"

再柔情的告白也抵挡不住懦弱的拒绝，你终究是别过了他的温柔，却记住了他的这一席话。

你还是爱笑的，却不快乐了

你带着他美好的想象，走过无数个枯黄的秋天和漫天尘埃的雨季，然后在某一家花店前，上一首歌与下一首歌之间的空白，突然响起了他的声音。他的声音是再也听不见的，你却像听得见那样记忆犹新，可你明白这就是所谓的记忆，或模糊或清晰，或混乱或清楚，都无须追究，因为在不爱的地方，要不回的从来不是埋怨或抱歉，而是时间。收不回的，偏偏就是那些狠狠后悔的。

你的手里握着药单，你已经瘦成一根竹竿，医生说你的肝不好、你的肾长了结石、你的腹部有肿瘤——还不知道是良性的还是恶性的。最重要的是，你还是爱笑的，却不快乐了。

你想起了他说的——我是知道的，未来的你，会比现在更美丽、知性，比现在更自傲，却也比现在更谦卑。

可是现在你手里仅有的是踩不到的自卑，还有每周要看诊一次的闹铃提醒。他说过的大好人生，像透明玻璃墙外的一幅幅挂画。你像水族箱里的金鱼，优雅地旋转，有目的似的漫无目的，等待某一天优雅地死去。

你一直在想，如果你遇到他，他会怎么看你，或是他再也认不出你，因为你始终没有成为他想象中的样子。你不是为了他的期待而活，却难免想要成为他期待的样子，因为那样的赞美，像是只为你存在。

你打开手机，终究没有拨出他的号码。其实你想过很多次，打了很多草稿，想问他一声：最近好吗？可是其实你想说的是，你知道吗，我过得有多不好。

我过得有多不好。可那又能怎样呢？

你心底知道自己其实害怕着，害怕他看见你的不美好。你给自己很多推辞的理由，其实没有必要，已经没有必要。因为这就是突如其来的想念吧，还是会犹豫，还是会拉扯，挂心的却不再是你还爱不爱我、我还爱不爱你，而是后来的我们，后来的，空白了数不清的彼此，成了什么样子。

"他们说，记忆像是一朵朵颜色参差不齐的花，每一朵花都有名字——我爱你、谢谢你、对不起。可是最后一朵花没有名字，因为你不知道那是要给他还是给自己的。"

后来的我们，哭成了落瓣的花朵，在土壤里扎根，像宿命，长成另外一种姿态。

可是，你在哪里，我又在哪里？

分手：《红豆》

很多年后我才知道，
你不是要我真的学会唱这首歌，
而是要我真的懂这首歌。

我们努力过，真的努力过。

"哎，我跟你说，你会后悔今天没有送我蛋糕。"你的声音渐渐开始哽咽，"你会后悔的。"

"为什么？"突然间，我的心酸酸的。

你没有说话。

于是我忍着从心脏开始一路爬上喉咙的刺痛感，问你："是不是，你还是觉得分手比较好？"

"你也觉得吗？"你哭的声音变明显了。

"嗯。"我的眼泪开始溃堤。

"嗯。"你开始哭，我也是。

我们都努力过，想尽办法让感情回温，可是岁月怎么微波，都只是直直向前，没有刹车的一列火车，轧过千辛万苦，轧过千山万水。

那天我们是怎么结束电话的我已经忘了。

我只记得你问我有没有听过《红豆》。我说："有啊，王菲的。"你说，你更喜欢方大同唱的版本。说这句话时，我们都已经不哭了，我揉着哭红的双眼，枕头湿了一片。

"还没跟你牵着手，走过荒芜的沙丘，可能从此以后，学会珍惜天长和地久。"我忍不住唱起这首歌。

你开始跟着我唱："有时候，有时候，我会相信一切有尽头，相聚离开都有时候，没有什么会永垂不朽……"

我们其实是哽咽着唱完的，喉咙酸酸痛痛的。

"你刚刚跟我合唱了耶。"我故作没事地笑着，因为你从不开口唱歌的，这是第一次，唱的却是离别。

"对啊。"你也笑着。

"那我们再唱一次。"我说。认识你两年多，你第一次开口唱歌。

"不要。"你说。

挂上电话后，你发了一条短信："好好照顾自己，《红豆》等你唱得很好听时我再听。"

我用被子蒙着脸，开始哭。我感觉到这一次我们是真的分手了。

我知道你都听得见

很多年后我才知道，你不是要我真的学会唱这首歌，而是要我真的懂这首歌，懂这些相聚离开，懂这些还没手牵手走过的荒芜沙丘，懂爱也不能永垂不朽。

他十八岁生日的时候，我想送他半个蛋糕，就是用很多小小的扇形蛋糕，排成半个送给他。你一定会想问我为什么是半个，因为在我十八岁生日的时候，他也会送半个给我，这样我们就是完整的一个圆了，我觉得这是一件很浪漫的事，我们一起长大，因为有彼此而完整。那天我跟他告别后才跟他说的，因为他说他妈妈买了蛋糕，于是我就没买，他说我会后悔，可是他并不知道，我后悔的事情还有好多好多，当时的我也不知道，在这么多年后，我有那么点庆幸我没有买，因为要是真的买了，我十八岁生日时等不到那半个蛋糕，会是多么难以割舍的牵挂，还好我没有买，于是十八岁生日那天对他的无声无息，虽然心痛，却也再正常不过。就这样结束了，全都结束了，而我终于唱好了这首歌，我知道他都听得见，我说的不是我的声音，也不是他的耳朵，是心。

Chapter 2

以爱为名

谢谢你认出了我

秋天适合想你（不管你想不想我）

某一些想念是发散式的，
越远越稀薄。

世界上大多数的喜欢是不平衡的，他的感动不是心动，她能给的只剩友情，不是爱情，诸如此类。好比秋天。秋天像一个倾斜的过程，从炙热到寒冷，缓慢地失衡，但不会太久，不会太多。他们的困惑，和那些大多数的喜欢也是。

某一些想念是发散式的，越远越稀薄——你再也感受不到我了，如同我感受不到你。但我们的呼吸始终顺畅。因为爱过之后留下的是遗憾，带走的是收获。

"你会在很烦闷的时候很想念某一个人，但你知道他不会想念你。"

天大地大，怎么走到哪里，都需要伪装。

（我不会假装不想念。你也不会假装想念。也好。）

你再也感受不到我了，如同我感受不到你。

流失告白

第一次告白需要足够的勇气，
最后一次的告白也是。

我记得那年她失去他的时候，生了一场无来由的大病。每天的脸色都不太好，甚至说话也不太笃定，总之，是无法好好响应和思考的。

我突然好像明白了那是怎么样的一场病，头剧烈地疼痛，无法好好说话，无法专心。是温差变化大也好，是情绪起伏不定也罢，总之，是像我一年多前那样生病了。

不爱后，无须偿还的亏欠

那时的他还在，会担心地跑到我家照顾我，每天都帮我量体温，问我要吃什么、想喝什么。我若想亲他，他会把我推开，接着轻轻吻我的额头，然后说："先欠着，等你好了一次还给你。"现在想起来，他好单纯，好可爱。

在感情里的亏欠，不爱了之后，永远无须偿还吧，甚至是那一百个拥抱。

我窝在被子里，找不到一首舒服的歌，也找不到一段能温热自己的记忆，现在想起来，一切都太抽象了，时间把每一刻冻结成永恒，又让每一刻都流失在岁月的尽头。这是找不回了吗？找不回了吧。

我突然想喝红豆汤，就像夏天的时候想喝西瓜汁一样。如果能热热的，有几颗芝麻汤圆就好了，感觉好幸福。我想起他的母亲送我的红豆，因为我要消水肿的红豆水喜欢自己煮。后来我一直没有把它们拿来煮，不知道是舍不得还是不敢喝，就像你给的普拿疼，我也舍不得吃。生活里有太多你的影子，于是我好像也不敢生活了，或是舍不得往前。怕一刻覆盖一刻，最终你选择忘记的，我也没能替我们记着了。

或是已经不用执着了呢。

在你不再心疼的睡前，微微地发着烧。多么希望失去也只是一场感冒，症状没有了，也就没事了。

最后一次告白

我想到那一年，我在他消失的时光里，准备了好多东西，亲手制作的小书、卡片和书签，想要对他做最后一次告白，因为知道自己这辈子可能都没办法再这么炽热坦白地告诉他自己的情感了。但他一直到最后一刻都没有出现，所以这些告白始终没有说出口。而现在，总觉得也要开始准备给你的最后的告白了，但打开抽屉里的那些密密麻麻的手写信，我发现自己已经完全没有力气。这份感觉，也许再也没有适当的时机能说出口，那么也就算了吧，你已经不在乎，让在乎的我自己心平气和地收着就好。

第一次告白需要足够的勇气，最后一次的告白也是。可惜我是胆小鬼。选择爱你，已经用光我所有的勇气了。所以，不再见了。不再见。

无论多强的感应和联结，甚至是温柔和心疼，也唤不回你。那么我们就此别过吧。

我只剩下你的名字，
你也只剩下，
我的名字。

Chapter 2
以爱为名
谢谢你认出了我

尽 头

很多年后，
你会云淡风轻地感谢他的温柔和狠心，
因为那让你明白了爱的柔软和尖锐。

　　我把自己藏在很里面很里面，然后再走到很里面很里面，想去看看自己好了没有。

　　那儿好像有一扇门，好像又没有；这条路我好像走过，好像又没有。我突然很想念他，那个给了我第一次恋爱的他，我很想念那个我为他疯狂、为他歇斯底里的日子，但我没有想要回去，就只是在自己的城堡门口，突然想念起远方的小溪和被石头激起的小水花，大概是这种感觉吧。以前我们栽花，然后呵护，最后凋零。而有些人，学会了采花。他们说，那是一种不需要承担它是如何变得美好的拥有方式，如果没有看过花开，它凋零的时候，就不会那么难过了。是这样吗？我一直很困惑，于是我又走到更里面更里面，想去看看自己好了没有。我其实是知道的，却又好像不知道。

我不知道我会在里面找到什么，**其实我很害怕会看到一整片完好如初的伤口，那会让我觉得自己的"好起来"很像一场嘲弄**。我发现那里很暗很暗，我走了很久，没有伤口，也没有花，却有一片原野和一点点日落的余晖。我没有在这里遇到任何人。这里不会遇到任何人。我一直都知道的，我是没有带着期待进来的。我只是想来看看自己好了没有。

然后我坐了下来，这里就像有一整季的暖冬足够我再慢慢看一回自己的荒唐。在最远的地方，吹来很轻很轻的风和很淡很淡的他的味道，然后在那里好像已经等我好一些时日了，当我舒服地侧躺下来时，记忆缓缓地用最模糊的画面，很温柔地再一次走过我的眼前。我知道这是最后一次了，这样的心情、这样的感受，我无法再说出口，对于这样一个人和这样一段时光，我已经炽热过了头。像时候到了一样，我自然地闭上眼，把自己抱起来。

我感觉到眼角热热的，却没有留下任何眼泪。

那一刻我终于明白，遗憾不等于后悔，遗憾是生命里所相信的事情在毫无预警的情况下被合理地推翻了，那不完全代表我们做错了什么、说了什么天大的谎。越是曲折的故事，藏着越多秘密，在秘密的皱褶里，一片片都是感受，而这些感受，会一点一滴地散成温热的转身，让我们能带点狼狈地轻轻挥手，轻轻地说，谢谢你曾经爱过我，谢谢我曾经爱过你，谢谢这一路上，我们用当时能拿出的最真的自己，提起当时能提起的最多的勇敢去相爱，谁也不欠谁，所以，谁也不怨谁，如果难免想念，那一定是不小心而已。就像我们不小心相爱，然后不小心道别。如果看清了此刻松了手的执着其实是毫不相欠换来的平静，那么，也许是一种我们在彼此身上留下的独有的温柔吧。

我们都希望走的时候够理智

渐渐地，我开始相信，我们如何对待自己的失去，那些失去就会如何回应我们，如果当时我做了不一样的选择，如果我在分界线处选错了边，如果我更歇斯底里、更失控，也许现在的我就无法坦然地走进自己的最里面最里面，如此平静地待上一段只有自己的时光，如此平静地把这看似荒唐的两个月再想一次，把这一年半的时光再记得深一点，然后让它们终于能因此而浅一点。

爱本身就是荒唐的吧。只是我们都骄傲地希望它在来的时候够疯狂，走的时候够理智。可是，怎么可能呢？

我想到了昨天我问她，我这次失恋和上次有不一样吗？她很理所当然地说："有啊。"

"你不再那么不可理喻，不再无上限地把自己的自尊给出去，不再卑微地非他不可。"我笑了笑，我说，我这次其实还是这样啊，这好像就是我失去时会有的天生的反应，我本来就不是一个太优雅的人。

"可是当你看到了尽头，你知道这条路已经是死路了，你不会像以前一样，把自己丢在那个死角里，那时候你身边的人用多大的力气都没办法把你拉出来。现在的你变聪明了，知道人生还是要继续，不能花太多时间停在等待或缅怀那件用尽了全力都无法改变的事情上。"

我拿着电话，坐在小沙发上，忍不住觉得心变得好轻好轻。"谢谢你。"我说。

"你把你的爱收回来了。"她说。我只是点点头，然后露出了

Chapter 2
以爱为名
谢谢你认出了我

我好久好久没有露出的笑容。

我知道真正让自己放下和收回这些炽热得过分狼狈的情感的原因，是因为我发现，我们都在彼此身上留下了对方的影子，但我们已经用不同的眼光生活。无论是颠簸还是顺遂，是停滞还是前进。她们说，才两个月，但你们都变了，你们变了好多好多。我是相信的。这就是人生最荒谬和戏谑的光景了吧。

"很多年后，你会云淡风轻地感谢他的温柔和狠心，因为那让你明白了爱的柔软和尖锐。相爱很像是一种中毒式的信仰，累积了然后破碎，破碎了然后又累积，觉得不会变的还是变了，相信会变的却好好的不动半点声色。"

看着昨天在日记里写给自己的这段话，我发现我的心真的变轻了。

"你会在哭最后一次的时候，最声嘶力竭，因为你在心底知道，自己再也不会为这个人这么流泪了。他曾说，很讨厌啊，你很遗憾，但你不会停止感谢，因为你真的知道，他带走的只是他的爱，他留下的，却是更好的你。接着，再洒脱地去发现，幸福的时候，累积的能量，让自己有能力透过悲伤筛出更好的自己，转个弯，继续上路。这是多么幸运的事。"

"于是我终于可以大声地说，我不爱你了。连一点点的爱都不剩了，因为我已经认不得此刻的你，就像你记不住曾经的我。我们终究是错过了。"

所有命运都是一种等价交换

我一直记得姑姑在电话里的那席话，她说："世界上所有的命运都是一种等价交换，老天爷让我拥有对我而言很重要的那些文字，就会从我身边拿走另外一个同等重要的东西。若真是如此，我希望你知道，如果我现在有的这些是用失去你换来的，那么你曾经是我何其重要和美好的一部分，尽管你忘了。但那却是我生命里真实的存在。"

我想起了那天早上我写下的那句话："世界最温柔的地方在于，当我们失去了黄昏，它会还你一个清晨。"这样的清晨，无论谁在我身边，无论谁和我一起做梦，都是一种幸运吧。幸好，我们还有清晨，还有能消耗的天光允许自己荒芜和浪漫。

这就是我的最里面最里面吧。当我把手按在心口，我知道它还是微微地发着热，但那已经不是爱了；我知道它难免会有些闷，但那已经不是心痛了。

多好，当爱着你的时候，用尽全力；当放下你的时候，没有埋怨。能感受这样完整的一回拥有和失去，多好。

多么感谢，我们在那样的年华相遇和分离。

我们都骄傲地希望爱在来的时候够疯狂，
走的时候够理智。

《南山南》

然后，

漫山的细雨，

也就这样慢慢地湿透了这辈子所有的温柔。

《南山南》这首歌听得我的心一直发疼，却又无比平静。这几天重复播放了无数次，仍不想停下来。

也许我们对某一个人的爱会那么深、那么难以自拔，不是因为这辈子爱得太短、太舍不得，而是我们终于看穿了，这样的一段日子，是上辈子还没爱完而剩下的最后那一段。

上辈子我们约好了，这一段不要爱完，要留到这辈子继续爱，可我们却忘了约好，这辈子也不要爱完，我们忘了跟对方约好，这辈子也留一点点，给下辈子，好不好？

于是，从此刻看去，在最远的地方立有刻着"我们"的墓碑，纪念上辈子的遗忘，成了这辈子的遗憾。而下辈子，也许不会再遇到了，那么就等吧，等某一天、某一刻，在某一个山谷里，唱起这样一首歌，有你的回音。

然后，我们一起在那里唱完这首歌，就从此分别。我们都悲伤得想哭，却又平静地、有默契地约好了这一次分别不许掉眼泪。于是，我们一起唱了无数次，唱到嗓子都哑了，哑得说不出最后一声——再见。

她说，没想到，该来的都提早来了。她的语气很轻却很深沉。原来她都是知道的。其实，我们都是知道的吧，只是从不愿意去承认。我们一波一波地平息，一波一波地离开，再一波一波地遇见，一波一波地筛出了彼此。**然后，漫山的细雨，也就这样慢慢地湿透了这辈子所有的温柔。**

如果我是一只蜗牛

我想要一个自己的壳，
抵御不了命运没关系，
至少我能死在自己的壳里。

如果我是一只蜗牛，我就能有一个壳，也许无法承载世界的重量，也许不需要太强烈的碰撞，轻轻地从某一个期待里掉落，我就会摔得粉身碎骨，但至少，我有一个壳。至少，我死也是死在自己的懦弱里。还是，其实我们都注定会死在自己的懦弱里。

我突然想起他们跟我说过的与之很像的话——他们的挣扎和难处，他们说，不知道从什么时候开始，拥抱变成伤害的温床，一次一次，像往自己的心脏挖，挖得一点也不剩，血肉模糊的关系，尽管曾经浪漫，也改变不了最后苍白的沉默。

"那时候就是，在一起不快乐，分开了却痛苦。"

他喝了一口酒，轻轻地跟别人谈起这个故事，已经像很久很久以前的事了。

有时候，我们把自己最赤裸的那些放上台面，不是因为勇敢，而是因为脆弱吧，把伤口晾在有你但你不曾看见的世界，你再也无法过境的地方，那像我与你的边界，走近了才发现，那是爱与不爱的边界，我们习惯把自己看得太伟大，把爱看得太崇高，然后又把自己看得太渺小，把爱看得太残忍。

但其实所有的形容，都不足以形容你曾经紧紧拥抱过我的那一刻。其实所有的形容，都形容不来此刻看着世界的我，看着他们说难得下着雪的台北，这样的我，是懦弱得发慌，于是平静，还是其他我也无法细细解释的那些。他们说，你的文字好像把我的感觉说出来，而我好像却无法在你面前，把我的感受好好地说完。

啊，多希望我是一只蜗牛，有个能把自己好好藏起来的壳。

我们能不能用爱养活彼此，不怕饿死

昨天晚上舍不得关掉马顿的《南山南》，于是今天早上起床听到的第一个声音就是那句："南山南，北秋悲，南山有谷堆；南风喃，北海北，北海有墓碑。"

每次听到这一段，我的脑袋里就会有好多好多的句子跑出来，于是我在备忘录里打了这么一段："我能不能在山里爱你，一辈子都不要出来。用爱养活彼此，不怕饿死。"

有时候是这样的吧，太过强烈的句子，好像默许了文字变成一把把利刃，往自己身上割，却又痛得心不甘情不愿。说服了自己千百次，这是命运，这是轮回，这是自己难以抗拒的选择，于是就算痛得难以自拔，却还是忍不住要怨怼几回。

"我已经无法再温柔地去想这件事情了，我之所以会痛就是因为我在可怜自己，不是可怜她、可怜这段关系。"他说这句话的时候，很多人笑了，他也笑了，但我知道，在这个故事发生的时候，他是笑不出来的。

所以啊，如果我能变成一只蜗牛，多好。我想要一个自己的壳，抵御不了命运没关系，至少我能死在自己的壳里，至少我有一个壳，能藏进一些秘密，能藏起一些丑陋，然后当某一种太剧烈的生活大大地摆荡了我的壳，当我因此从谁的眼光里，像自悬崖边一样地落下，我会明白，那些我的丑陋与不堪，会随我一同死去。我希望它们能随我一同死去，如果我能够藏得够好的话。

　　找不到最喜欢的版本，也许就是这个版本了，其实我好想听宋冬野唱这首歌。

　　大概就是这样了吧，很多的故事，想起了很多次，每一次都不一样，会不会其实我们就是在找一个最好的版本呢？可惜，没有最好的我们，怎么会有最好的版本？

　　所以，我还是好想当一只蜗牛，如果我是一只蜗牛。我一定会慢慢爬、慢慢走、慢慢爱、慢慢想念、慢慢离开、慢慢相信，然后慢慢地，在我所选择的那座山里，慢慢死去。

《十年》

那么就用分开，
去保留住最后还没被消磨完的爱吧。

"会不会，只有分开，才能保存你们的爱？"电话那头，他听见这句话后，开始哭泣，不到五秒钟的时间，电话被挂断了。

我们的通话是这样开始的，他发了一条信息给我："给你看一句话：我应该等你，等到那一年，再相爱，然后终老。可惜，我们都太急，相爱得太早。"

爱再深都无法写进未来

他们的故事是这样的，男生很优秀，女生也很优秀，分隔在远远的两地，每一次见面总需要三十三个小时的车程，他们一个月见一次面，每次见面大约一个星期，交往两年。他说，他们经历了很多，都认为彼此就是那个人了，可是自上大学两年后，他们所看见的未来渐渐不同了，于是开始有了问题，两个人无法在同一个水平上讨论事情。

女生毕业后想要到美国念书，男生毕业后想要直接就业，他们的事业心都很强，所以没有人愿意放下自己的未来去迁就对方，而他们也不希望彼此这么做，于是感情僵持了，爱很深，可是再深都无法写进未来。

"我们在理智的时候，都能冷静地谈分开，但当我们其中一个人抵不过感性，开始说一些以前的事，明知道是歹戏拖棚，另一个人却还是会心软。真的，就心软了。"

他说完这句话，我想起很久以前自己写的句子："如果爱和理智一样重要，当爱大于理智，是该相信爱还是相信理智，还是爱不能大于理智？因为那就叫作疯狂。"

但我现在发现，理智大于爱不代表不爱，也不代表不疯狂，而是迫于无奈。

"说穿了我们就只是爱自己比爱对方多，这是事实，没有未来，怎么爱？真的，在一起不是有爱就可以了。"我想象不到他在电话那头的表情，是冷静还是严肃，我真的想象不到。

　　"那么就分开吧。"我说，"如果你们都相信，经过一段时间之后，可以再爱一次，那么分开比较好，不要让无奈消磨了爱，因为消磨到最后，就是无奈变本加厉地伤害，当伤害大于爱，就没办法爱了。"

　　"可是我们才二十岁，会一直改变的，我们还没定型啊，我很清楚地知道，我跟她还会有很大的变化，我们要是分开，就是真的失去了。怪就怪在我们太年轻，我们太年轻了。"

　　"那么就用分开，去保留住最后还没被消磨完的爱吧。"我说。他开始哭。然后挂上电话。"哭累了就睡吧，没关系。"我发了信息给他。然后我们简单地道了晚安。

你可以乞讨一切，但不要乞讨爱

凌晨三点十分，他发来一篇文章和一条短信。文章是说几个女人在聊最浪漫的事，其中一个女人说她与喜欢的男人在某一天晚上打了电话，讲了五六个小时，从晚上十点到凌晨四点都没有睡。其实是有机会睡的，也是想要睡的，但一直到最后，都没有睡，留在记忆里的就是那个打得发烫的电话。没有人舍得睡着。

"忽然想起曾经无数个夜晚，我也和他打过这样的电话，但我现在不能告诉他我爱他。"这让我想起了我的初恋男友——米奇先生。

我曾经泣不成声地问他："为什么我喜欢你，你也喜欢我，我们两个却不能在一起？"曾经他因为看了电影，怕我们像电影一样，他会失去我，所以找很烂的理由约我去学校后山散步，但最后我们谈不了怕不怕失去，那就像是必然会发生的，只能问痛不痛。当然痛，非常痛。

他到最后都狠着心没有松口，我不理解，后来我才明白，有一些爱像酒精，放在心里烫着自己，但不能说出口，因为说出口后会像没有意义的白烟挥发不见，所以宁可把心烫得又累又疼，也要守

不要让无奈消磨了爱，

当伤害大于爱，

就没有办法爱了。

住那句"我爱你"。

同时，我想起了另一个朋友，她曾问我："为什么我明明感觉得到他还爱我，他却不再说了？为什么不肯承认呢？承认了我就会好过一点，我只想要好过一点点，但他只是沉默，他只是沉默，我好痛，真的好痛。"

我抱着几乎站不稳的她，很想说谎，但我知道不能："因为他承认了也不能改变现实，承认了你们都只是暂时好过一点，却又拖了更久一点。他不想把对你的爱消磨完，所以他就不说了。我们往往对于知道的事情，一定要从对方口中亲自证实才愿意相信，像是他不爱你了。但如果他还是爱你的，也会希望亲耳听见对方坦承，因为这样分开的疼痛就可以得到暂时的舒缓，但这样真的会好一点吗？你可以乞讨一切，但不要乞讨爱。因为爱情里从来都没有解答，只有我们怎么面对。"

关于爱情，在长大了以后，再也不是只有相爱就能成就幸福的。

不知道为什么，打着这个故事的时候，耳边响起了陈奕迅的《十年》。

在可以相爱的时候，勇敢地爱

在我相信米奇先生就是唯一的时候，后来的男友木子先生也爱着他当时认为的唯一。我们在一样的时间、不同的空间里，坚信着爱情。木子先生曾说，他真的以为他会跟前女友结婚，我一点也不避讳地告诉他，我也曾经相信自己会与米奇先生结婚。

可是怎么说呢，有时候我们会说，我们活在时间里，所以记忆会远去；有时候我却觉得，是时间活在我们这里，所以会改变相信或不相信、乐观或悲观。

那年我告诉木子先生："其实我害怕承诺，我也害怕爱，我害怕当我开始相信了以后，有一天会需要勇气去放手，但我不想把我的勇气花在放手上，我宁愿勇敢地相信你爱我，我也爱你。我们能谈爱了吗？这句话我打着打着就哭了。我觉得我们好年轻，所以禁得起迷惘，禁得起梦想被现实修了又修、改了又改，但我不知道我们禁不禁得起深深的爱所附加的重重责任，禁不禁得起被时间修了又修、改了又改的彼此和自己。不知道为什么乱糟糟地说了一堆话，谢谢你看到这里，谢谢你陪我，谢谢你的温柔和无比好听的声音，我觉得自己有很多无解的痛苦，却也有很多不需要解释的幸福。"

　　所以，我们这么决定了，在可以相爱的时候，勇敢地爱。

　　如果有一天我也需要用分开去保留我们的爱，不知道我愿不愿意。

　　因为这是很痛的，相爱就像在彼此身上找得到自己的一部分，在自己身上也找得到他的一部分，分开后，就只剩下他的那部分了，然后你好像也失去了自己的某部分。

　　我忽然好想知道，十年之后，我们会在哪里，变成什么样子。

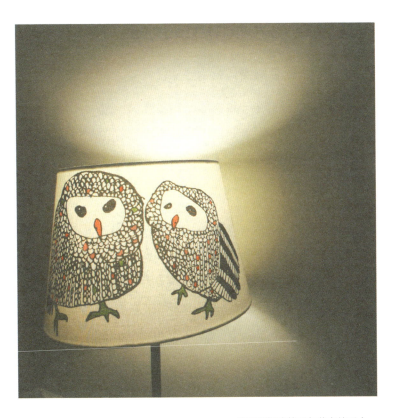

我不想把我的勇气花在放手上，

我宁愿勇敢相信你爱我，

还有我爱你。

我只是光火城市里的一盏灯

我喜欢在喊你的名字之前，
你正回头看我。

　　如果想和你走到最远的地方，我该如何计算自己的步伐，才能四平八稳地和你一起走到那里？如果想和你走完一条沿海沙滩，想和你只是简单地踏浪，我是不是就不需要去计算自己的步伐，在下一次相约的时候，我们就可以去了，是不是？

　　不知道从什么时候开始，我习惯了反省，反省我和我们，我害怕这是一种战战兢兢、一种多愁善感、一种让人备感压力的思考，爱情是不是禁不起太理性的进步？该怎么珍惜才能让拥有的感情不会消失？还是消失是必然的，珍惜只是让喜欢更加深刻，所以遗憾也是必然的，如果最后和我踏浪的那个人不是你。

　　你知道吗，在你身上我看到的，与他身上的不同。有那么多次我是如此庆幸，躺在我身边的人是你，牵着我的手的人是你，当我伸出手能拥抱的那个人，还是你。

亲爱的，我的喜欢是不是太重了？

我很小心地、努力地，不要让自己那么喜欢你，可是很难，太难了。

爱情到底是怎么回事呢？我好想你。还是，这就是爱情？我想你，如此而已。

她的爱情很美满，一切很自然，却因为太完整地拥有了而不安，深怕这样的幸福不够小心翼翼会消失得太快，却又怕患得患失的脚步会跟丢了幸福。

"我只是光火城市里的一盏灯，如果你认得了，那么我的耀眼就无须计较，因为有了你的认得，我已经是特别的了。"

Chapter 2

以爱为名

谢谢你认出了我

体 贴

你轻易地看见了
我那么执着的喜欢，
然后自以为体贴地
用忽略保护了我。

我得多努力，才能在嘈杂、荒芜的人海里认出你。

如果你的离开会像暴风雨那样来袭，那么请允许我就这么聋了。悲伤没有声音，你的脚步没有声音，于是我可以不用去确定你的远离，于是我可以听不见你的不舍（假如你有不舍），也听不见自己的不舍。于是，如此这般，我可以想象没有你在的地方都有你在。

这是最残忍的想念了吧，知道我想的人并不想我；知道你没有心爱的人，但当我站在你面前，你却笑着说你正在寻找她。原来你要找的人不是我。原来我生来，不是为了被寻找，而是为了找到你，然后确认你不会爱上我。这是最残忍的想念了吧。

你永远不会知道，我得多努力，才能在嘈杂、荒芜的人海里认出你。而你却轻易地看见了我那么平凡而执着的喜欢，然后自以为体贴地用忽略保护了我的偏执。

这该怎么办才好？我喜欢的，偏偏是你的体贴。

Chapter 2

以爱为名

谢谢你认出了我

轻 轻

把最近的故事
当秘密；
把最远的秘密
当故事。

　　要在住着二百六十万人口的城市里，遇到一个从不认识但永远认得出她的眼睛、她的鼻子、她的嘴巴的人，这样的概率是多少？

　　她与朋友约在咖啡厅里，聊了一个下午，那很像与时光、与自己和过去交替的对话，因为能谈的，都是过去的或相信未来会发生的事，但是能想的，有太多是开不了口的秘密，有太多是不需要开口的独身感受。

　　结账时，服务员指引她到柜台旁，她一抬起头，一眼就认出了她。她有一双漂亮的眼睛和一张好看的脸蛋，她曾经是校园的风云人物，很难被忘记。

　　她从钱包里拿出了一张五百元大钞，跟她说了一句："等等，我有零钱。"她边说边掏出二十元。而柜台里的她只是等着，然后找了她四百元，粉红色的纸钞皱皱的，像那时候的故事。只要仔细地检查一次，便知道那钞票是真的，那些时光也是真的，只是是真的又如何呢？都已经旧了。都已经旧了。

十七岁的赌气

她不会忘记她的——当年男友在社团里的绯闻女主角。那些日子她只能安安静静地待在教室的座位上，听着同学们谈论，她多么能干、多么聪明又多么美丽，她是一个如此迷人的女孩，甚至有一个好听的名字。

"我介绍你们认识吧，她是我在社团里的好朋友。"男友当时是社长，那个女孩是公关，两人的亲近看起来理所当然，但在她眼里，多自然都称不上理所当然。

"不要。"她说。

十七岁的赌气，其实没有那么复杂，就是她要他心里只想她一个，她要他知道"对，我就是不喜欢她，我就是不喜欢她。我要你也不喜欢她，你能不能也不喜欢她？"。

"为什么？她说想认识你耶，我觉得你们可以变成好朋友。"十七岁的男孩也没那么复杂，就是不懂得厘清自己心里是不是喜欢上了其他人，不去确认，于是无须过问。

他与她的传闻越来越沸沸扬扬，她与他的争执也越来越轰轰烈烈，无从推导起头与结束，所以也无从甘心解释与原谅。然后，他们分手了。

"听说她还会做小蛋糕、织围巾！她的手工卡片也很厉害！"然后，在那之后，她听见的，除了他与她之间的暧昧，还有她身上那些她永远追赶不上的扬扬得意。她也听说，他们后来并没有在一起。

她一直都知道，他会记得有哪一路公交车会到她家，就像他们在一起的时候，他也会记得哪些公交车会到自己家门口。

"他同时喜欢你们两个吧。"他的朋友告诉她，"也许连他自己都不知道。"

那天她没有再说话，只是一个人走回家，经过熟悉的小公园，她用力甩开他的手的那个自己，好像还坐在这张椅子上哭泣，她快速走过，一进家门，用力地把自己摊倒在床上，用棉被裹着自己，紧紧地，毫无缝隙地。如果那些感情让人不能呼吸，那么她希望自己就这么哭到窒息。

啊，那是很多年前的事了。她与她只见过一次面，在社团成果发表的排练时，她装作若无其事地走过，他与她坐在阶梯上休息，她说话的时候，那双大眼睛雪亮雪亮地闪着，他专心地看着她。而她的不小心路过，让这一切，更像极了与她无关。

记得失去也记得拥有

柜台里的她没有认出她，但是她认出她了。

"谢谢。"她接过四百元纸钞，从容地放进包包里，转头看了朋友一眼："走吧。"

"嗯。"朋友对她露出一个漂亮的笑容。

如果是在几年前，她会自走出门口后，便会大肆地告诉朋友她遇见了谁、那一年的故事，盘根错节的青春是怎么样倾倒、太单纯的爱情是怎么演变成了擦肩而过。

　　但此时此刻的她没有。

　　她搭上公交车，再也不是他记得的那路公交车，回到他再也不知道的地方，爱着再也与他无关的人。

　　这就是无所谓了吧，你记得一切，记得失去也记得拥有，你记得她，也记得他，你甚至能一眼就认出那是你回不去的青春，但你可以一个转身就与那些牵连再无瓜葛。你再也无须向别人提起以证明那些故事是如何存在，如何把你伤害的。那些你曾经发疯似的想要确认的他们，你已经不想知道也不在乎了。那些光景轻得无法组合与重述，任凭你的转身烟消云散。

　　因为，没有爱以后，就没有恨了，也不会痛了。你只是记着，轻轻记着。

那些你曾经发疯似的想要确认的他们，

你已经不想知道也不在乎了。

Chapter 2

以爱为名

谢谢你认出了我

一 样

你想让他在你心里
真的淡去，
再打开心门去等待
下一个人。

你在和朋友开心地吃晚餐，突然手机响了，是他的名字。

你和他分手五年了，他有了新的女朋友，你却从此没再交过男朋友。朋友总追问你为什么不交下一个，朋友说，要找一个新恋情去淡化旧伤，没有新恋情旧伤是永远淡不掉的。你总是浅浅地笑着，然后说，你想让他在你心里真的淡去，再打开心门去等待下一个人，在淡去之前，绝没有再恋爱的打算。

你说，你不想利用任何一个男子去遗忘他给你的那些，不管是甜蜜还是伤害，你说那对新恋情不公平，你希望下一个男朋友能拥有全部的、全新的你，不是一个有着故事悬在心里等着被淡化的你。

当他和任何一个异性朋友一样

你没有犹豫，接起了电话，原来是他的朋友想请你帮忙。你突然想到，两个月前你换了号码，发了短信告知所有通讯录里的朋友，通讯录里没有他，但你熟练地背出他的号码，把你的新号码发给了他。当时的你想，也许没有必要，也许就算发了，他也不会真的存起来，可是你还是发了，因为你使用的再也不是他可以随时背出来的号码，就像你再也不是他熟悉的那个样子。这像一种宣示，但你清楚明白不是，你知道他已经成为那个久久不会联络的高中同学。

挂上电话，你才发现，他存了你的新号码，这和你以为的恰恰相反，你没想到他会存起来。你对这样的发现并没有任何感觉，就只是发现。

你们的对话就像认识一阵子的普通朋友，当你意识到的时候，你明白了你终于完全让他淡出了你的心口，没有借助任何新恋情；你明白了你的怀念不再是怀念他，而是那些日子；你明白了他现在就和任何一个你的异性普通朋友一样，他不再特别，让你的胸口感觉被撕裂。

你终于明白，这就是不爱了。

你毫无悸动地收起手机，继续和朋友们开心地吃晚餐。

你明白了你的怀念不再是怀念他，

而是那些日子。

你终于明白，这就是不爱了。

你是我最好的昨天

蘑菇小姐是我认识多年的好朋友，她与汤先生交往过一段时间。

他们是一对远距离的恋人，我看过她笑，看过她哭，看过她因为想他而闷在家里一整天，看过他为了见她搭上近十个小时的火车，看过他们在深夜捧着电话，把电话讲到发烫的样子。

她说："如果我们的爱已经不在了，我希望至少有些东西能替我证明着，这两年，我的生命里，有过他这样一个人。"

我们约在她最喜欢的咖啡厅，点了她最喜欢的熏鲑鱼碗面，她第一次点蜜桃洛神花茶。我问她怎么不点热可可了。她说，日子都是新的了，习惯再不改，怕要是一念起旧来，就是一个下午了，这样可不好。我说，可是今天就是来说故事的，要不就陷进去吧，无妨的。她看着我，好像我不懂她心境似的喝了一口热茶。

"太深刻的记忆，陷进去容易，回过神难啊。"冷冷的天里，她的口里吐着白烟，我们的周围都是洛神花茶的味道。就好像真的都是新的了，在说这些故事时的口气，也与那年不同了。

她从她的包包里拿出一个信封："给，这是我那时候写的日记，给你个小任务，把它们排序一下。"她的笑容里总有些嬉闹。

我皱眉，接过她手上的信封，掂了掂，两年的重量，其实不太重，但也不太轻。

有人说，有些人对于自己的故事很是矛盾，怕忘记，但也想忘记，这样的人会想找个人把这些故事好好地说一次，希望对方好好地替自己记着，自己就可以安心地去忘记了。

打开信封，里头附着一张纸，纸的背面有十六个日期，正面有她手写的字：

　　　　这份日记，有些是第一人称，有些是第二人称，有些又是第三人称，我有时候会怕离自己的故事太近而回不了神，你读起来可能会有些吃力，辛苦你了。

　　　　另外，谢谢你愿意帮我一起记得这个故事，我想当有一天你忘了，我也忘了，就表示那段回忆终于可以简单地用"我们相爱过"几个字带过，再也没有其他的怨怼或盼望了。

如果真要说一件关于你的事，

那便是，

你一转身，

我的想念就开始。

2014.4.18

我们都会遇到一个人，他懂我们的可爱、我们的执着和疯狂。

2014.6.9

我喜欢我们在自己的生活里各自忙碌，却会偷偷挪一点时间想念彼此；我喜欢坐在你的摩托车后座，听你说那一天发生的事，听你说最近的烦恼或一些我不知道的小知识，虽然我不能帮你解决，虽然我有时候听不懂；我喜欢你安静地从后面抱着我，让我靠着你，好像我的飘浮感可以在你身上变得模糊，好像就算我失去全世界，也不会失去你。

2014.6.28 星期六早晨

三分十秒杰森·玛耶兹（Jason Mraz）的 *Lucky*，

大卖场的二十九元素色马克杯和八十九元浅绿色线条室内拖鞋，

姑姑回国前送的十三点三英寸的华硕（ASUS）笔记型计算机，

来自八点四十三分的一百二十瓦阳光，

星期六早晨，还差一件事就完美了，十秒就好，你的拥抱。

2014.7.28

"哎，我这几天列了好多你要陪我去的地方。"

"你是说世界七、八、九大奇观那种地方吗？"

"不是，是碧潭、擎天岗、新山梦湖这种的。"

我的世界很小，装不下太多、太大的想要，但绝对想要你陪我。

2014.9.5 想你的时候，耳边有你的细语

如果此刻我见不着你的人，至少让我听听你的声音。又如果，此刻我无法听见你的声音，至少让我和你发发短信。如果此刻你无法发短信给我，如果此刻你读不到我半梦半醒间的只字词组，至少让我想念你，至少让我想念你。

2014.9.21 你介意吗？

"你介意吗？"

"介意什么？"

"我有些惯用的旧密码是前女友的生日。"

"不会啊。"

"骗人。"

"真的不会。"

"为什么？"

"因为如果我要介意你和前女友的一切，那我就介意不完了，她是你过去的一部分，不会因为我的出现那一部分就消失啊。而且，你和她在一起六年，六年耶，你身上一定有很多的好是从她身上累积来的，如果我要介意在你身上关于她的一切，是不是也要介意那些她让你进步的部分？可是我能拥有现在这样的你，就是因为你曾经和她在一起。如果说感谢太矫情，那么真要说的话就是，只要我们的喜欢和立场都很清楚，我就真的真的不介意。"

谢谢我们的不介意，让我们能明白彼此是如何成长过来，如何出现在彼此身边，靠得越来越近的。

2014.10.22 美好共识之二：我会陪你一起生活

想念已久的军营里的汤先生来电。

"也许有些人没有特别想要做的事，于是遇到喜欢的人、深爱的人就把帮助和鼓励对方完成梦想当作梦想。但我不是那样的人。我不会为任何人的梦想完全地牺牲自己，所以我也不允许有人为我的梦想牺牲他的人生。社会渐渐变了，女人再也不需要依附男人而活，男人也不再需要女人为他而活。我们都要有自己想做的、与爱情无关的事。虽然，爱情会因此在生命中占的比例渐渐变小，我们不再谈百分之百的恋爱，不再把生活全部都留给爱情，**我们开始拥有完全的自己。我们得学着拥有完整的自己。**"

"你知道我最喜欢你的地方是哪里吗？"

"是哪里？"

"因为我们明白这些道理，所以我们在寻找或努力实践自己想做的事情时，依旧可以奋不顾身地去喜欢彼此。我最喜欢你的这种喜欢，不为我而活，却毫不保留地想念我。"

"那，你要等我。"

"我不要。"

"为什么？"

"我不要等，我要陪。我要陪你。"

他都要睡着了却不承认，只是一直问我"累不累，要睡了吗"。

我说"是啊要睡了，都躺好了呢"。说完了晚安，收到这条只有几个字的短信，我知道他打了很久，已经不习惯使用传统手机，加上眼睛眯成一条线半睡半醒的样子，肯定花了一些力气才完成。于是我爬起来打开计算机，一直到现在才是真正的晚安，晚安。

"我们不要等对方变成任何样子，或是达成任何成就；我们也不要为对方牺牲任何对我们意义重大的梦想或理念，我们只是陪着对方一起生活、前进甚至改变，这样才不会失去自己的伴侣。"

2014.10.27

总在离别时想着何时相遇，在相遇时想着怎么这样就要离别了，能不能不要离别。但如果能相遇一百零一次，我愿意勇敢离别一百次。

"我好像想念你，要比喜欢你多了。"

2014.11.2 想念偶尔会太重，但我们要继续生活

你问我你的短裤是不是在我家里，我才想起来那天整理衣柜时发现，你留了一些夏天的衣服在我这儿，我这才想起来，台北已经变凉好一阵子了。

公馆在我离开的时候，大约七点吧，飘起小雨。我的伞落在论文课的教室里，你说我们下次一起去买，于是在你说的下次以前，我总是快步走进骑楼，我要的伞还没有着落。

从公交车车站的挡风玻璃看出去，台北像是下了一场小雪。好吧，我觉得只有想你的时候我才有这么矫情的浪漫，不过虽然矫情，却是真的很美。

快要开始了呢，我们的第一个冬天。

我想我是变贪心了，我不只要你那么那么想我，我也要你知道，我和你一样，也是这么这么想你。甚至，是你想象不到的那种想。

2014.11.11

那天我说，我听到这首歌好想哭。你问了我为什么，我没有说，因为我不知道怎么说。

人啊，跟音乐之间，总有一些说不清楚的莫名联结，你会在听到某一些歌的时候想到某一些事，这些事与歌词无关，就是旋律让你想起来而已。

你脑袋里会有画面：黑夜，一盏台灯，凌乱的书桌，旧旧的室内拖鞋，一台笔记本电脑，可能还有一些字幕，写着关于以前的一些零散的形容词。就只是这样的画面，你已经鼻酸得好难受，难受在你想哭却哭不出来，哭不出来却还是无止境地想哭。

你走到我身边，没有说任何话，只是抱了抱我。我说："你不能每抱我一次，就欠我一百个拥抱，但当你每抱我一次，你还是欠我一百个拥抱。"你问我为什么。我说："因为我很贪心，我要你欠着不让你还，这样就有理由让你一直抱我。"

你走后，我窝在小沙发上，看着窗外很美很美但手机拍不出来的风景，太阳要下山的时候，从小沙发旁的窗户看出去，天空总是粉红色的。我发了信息告诉你，每到天黑我总会很想你。你很快回了信息，你说你也是。你问我："有原因吗？"我说："没有吧。"但其实我知道，没有原因，是因为我从来没有去细想自己的感受是为何而来。

天黑以后，大家都回家了，工作告一段落，世界好像翻到了另一页，那一页有一点点皱皱的、黄黄的，像是一张用了很久的舍不得淘汰的菜单，上面有一些看不清楚却记得味道的菜色，但却从来不需要想办法去记起有哪些菜色，因为每天的这个时候都是那个味道，是每到黄昏就会有的适合一些经典老歌的样子，然后，这一天的庸庸碌碌就结束了，在结束这一天的时候，毫无防备地，我无法抵御地，想念就开始了。

想念就开始了。这首歌重复了二十二次。只因为想念开始了。

"那一杯是什么？"我传了一张图给汤先生。他问我。

"一杯很好喝的东西。"我捧着手机。他一定猜不到。

"哦，俄罗斯夏卡尔奶茶。"

我惊讶了一会儿，然后笑了出来，没想到他猜到了。终于，他在军营里的日子破两百天了。

我们在见不到彼此的日子里，变得更容易争吵。以前我写的，那些关于见不到、远到不愿意花时间争执的句子，突然变得很模糊。因为没有拥抱，怎么能不难熬？如果难熬，怎么可能没有争吵？那无关乎愿意或不愿意，仅仅是因为太难受，因为太想念，所以忍不住哽咽。

关于情侣吵架，有很多的说法。我听过害怕爱情的人最极致的害怕，是第一次吵架就分手了，因为不愿意去承担接下来可能（必定）会有的每一次争执让心口隐隐发作的刺痛。我也听过全心全意用力去爱的人最义无反顾地相信，争执一百次，也一定会和好一百次。

啊，我突然发现，**争执这件事的本质其实很简单，就只是我们**

218

不一样——习惯不一样、想的不一样、想要的不一样、期待的不一样、愿意割舍的不一样、想要从对方身上得到的东西不一样……

世界上没有跟我们百分之百完全一样的人。所以相爱让彼此不一样这件事用一种很温柔的角度被发现了，那就是争执。只是我们往往把它视为相爱的障碍，乐观一点的视为挑战。我觉得是，也觉得不是，因为那确实会令人心疼，会耗损一些情感，但当我们用另一种眼光面对时，那同时也令人成长，也累积了另一些更深厚的情感。

"你看这个路障。"我指着路上的三角锥。

"怎么了？"汤先生问。

"如果你没有牵我的手，它对我而言没有差别，我可能看都不会看它。"

"什么意思？"

"因为我们牵手了，所以我们会注意到它，我们经过它时会小心不要撞到它，这和两个人在一起很像啊。在谈恋爱时会遇到的问题，有些其实原本就存在，只是我们不在恋爱的时候不会理会甚至没有发现，因为在恋爱里，我想牵着你，你想照顾我，我们原来只身前进的生活里多了一个人，所以我们开始会小心这一路上遇到的状况，会开始细想未来，然后爱情突然好像就困难重重了，但其实，生活本来就有很多障碍，生活本来就困难重重。"

所以，**有意识的争执其实是很美好的浩劫**，因为在争执时，我们懂得不说伤人的话，懂得表达自己最深的想法，也许泪流满面，也许全身像被针扎得频频喊疼，但每一句话都是有意识地沟通，去浩劫两个人原本的棱角，去浩劫两个人原来看不见的高墙，看见原来在世界的另外一边自己的另外一种样子，然后低下头，会发现有个人正紧紧牵着自己的手，因为他也和你一起，来到世界的这一边，去学习与新的自己相处，我们因此更了解彼此，甚至更了解自己。而不争吵，不一定表示了包容，有时候是理智的忍耐，这样的忍耐却往往累积了更多不理智的怨怼。

谢谢你理智的一切，谢谢我们都不成熟，可是我们都愿意把争执视为成熟的垫脚石，一起爱得更饱满，更心安与踏实。当然，很不免俗的也要谢谢我们的前一个情人，让现在的我们，多了那么一点体贴与温柔，去面对每一次的争执。

"我知道你不会因为害怕爱是花火，而闭眼不敢紧握。所以我放下最大的挣扎一心默默守候，你说过的爱我。"

所有的拥有与失去，都成了自己的一部分，于是，一切都值得感谢与纪念。

2015.1.5 我到台北了，别担心

昨晚我们一起简单地整理了你的房间，你说，你一回到家就想我了，因为一打开门就看见整齐的房间，我的脸和声音都浮现了。

晚上六点五十七分直达台北的统联加开车，很幸运地没有遇上堵车，很幸运的我赶上了末班地铁，回到了一个人的小套房。打开房门，也是整齐的样子，我想起离开前打扫房间的自己。你说，这里对你而言是天堂，但我知道有时候我们甘于平凡，只为了爱如此简单的一回。

我想起我在你的摩托车后座唱的那首不成调的歌："我们总是记不得争执是怎么开始的，却总是忘不了争吵后的伤痕。"

在你的摩托车后座，我拍了好多照片，你问我为什么我的手机拍的照片总是好看的，我笑了笑然后抱紧你，绿灯亮了，路直直的，你看向前方，发动油门继续前进，我把右脸贴在你的左肩上，你的左手轻轻握住我的左手。我一直没有告诉你，有好的心情，才会看到好看的风景。

一个人坐在双人床上，抬着脚，打着这些话，我感到平静。你

说，我们都要更努力，我们一定要达成梦想。我捧着手机笑了，我知道很久以后，我们都会不甘于平凡，那不是为了失去对方，而是因为拥有彼此，所以更有力量。多么庆幸在分开以后，我们记得的，不是争吵后的伤痕，而是彼此好的改变，还有要变得更好的意念。

2015.1.26

你躺在我身边，我听着杨丞琳的《失忆的金鱼》。你就要走了。对每一次的离别总是忍不住沉默，再忍不住抱着你哭一回。

我们总含着很多的爱，也含着很多的对不起；我们总是爱到平淡去遇见，却爱到浓烈去离别。我想到了那棵树，直到天黑了我们才离开的那个小公园。我想到了人潮是人潮，我们还是我们。你牵着我转身时，我又回头看了一次那棵树，然后我想到了"火树银花"四个字。

生命因为爱而热闹着，你的一个转身、一个回眸，甚至一个吻，不需要千百次，便已经成就了我此刻最好的花火。

回过头，我牵紧你的手。你要走了，而我有了新的工作。我突然间明白，人生有很多重要的时刻，必定是要彼此错过的，没有任何一个人能参与另一个人的每一个重要时刻，那不代表不在乎，而是生活不允许。我们最多仅能走得有怨无悔，怨的是怎么那些路，陪你的人陪不到最后，陪到最后的那一个往往不曾参与你的从前；不悔的是活着这一遭，我们认清了生命的寂寞本质，于是走得那么孤单却踏实，走得那么莽撞但骄傲。

在床上，整理着今天出游的照片，那棵树依旧在那里。你啊，亲爱的你，回家的路上小心。别忘了我也依旧在这里，热闹着你的爱情。

2015.5.7

很久很久以前，她坐在他的摩托车后座，沿着滨海公路，他唱着这首《张三的歌》，安全帽里她乌黑的长发凌乱地飞散，太平洋好像就是全世界想象的起点，她看着自己的渺小，偷偷地将右手环上他的腰。

"这是什么歌？"她问。

他没有说话，只是继续哼唱。

她把头轻轻靠在他的背上，海水的味道在此刻特别迷人。她也跟着清唱起这首歌。这一天长得好像永远不会过完，七月的宜兰，小溪与牛肉面、天空与沙滩，她想起他在搭上客运时说"真期待我们的第一个小旅行"。他的眼睛里有浅浅的笑意，却是深深的喜欢。

他牵紧她的手，她的眼睛笑成两弯月亮的样子。

"在忙碌的生活里，想起那天的我们，心里特别平静，好像我所有的幸福都在那里了，我知道你也记得，你不会带走，我也不会带走。我们继续生活，**幸福变成一种态度，而非承诺**，那让我们的忙碌在自我解释中获得意义，复杂却不失亲密。我喜欢这样的你，爱得那样干净，就像你的眼睛。爱得那么坚定。"

2015.7.2

他牵着她走在校园里，他们都知道这是最后一次牵手了，他把她牵得很紧，不是为了不让她走，而是为了能记住她手的温度，为了能将她的掌纹刻在自己的手心，如果这能让她永远在那里，那么这一次的道别，也许就有了意义。

她是知道的，在商学院门口，她也紧紧牵着他的手，然后放下。他们的新生活就要开始了。她说了声"再见"，她不想回过头再多看他一眼，他也是，他站在那里，七月的行道树陪他站成了一幅让他看起来更憔悴的画面，她感觉到眼眶里噙满了眼泪，她最后说了声"再见"，然后别过头，头也不回地走了。

她说："如果当时我慢一秒别过头，你就会看见我倾盆的眼泪。

还好我没有，也许你正看着我走远的背影，我知道你也许不小心哭了，没有关系的，这就是别离，带着疼痛和企盼，这就是别离。"

他说，"我很难想象没有你的日子"；她说，"你的爱真真实实地饱满了我的生命"。

这一天，她不敢去想起他，不敢去向旁人太频繁地提起他，因为她害怕那些太美好的回忆会击溃了她剩下的一点点理性。

"谈起感情，我们总是甘愿感性大于理性地在一起，然后再理性大于感性地分手。多么庆幸，在心里最柔软的那一块，曾经因为你而失了荒芜，曾经因为你而平静幸福。"

2015.7.4

多么庆幸我们可以这么平静地聊着、牵着、爱着，那些波涛不因此消失，都还存在，但我们都默契地不想让它冲淡了美好，虽然美好的分开比千疮百孔更舍不得。

谢谢你这么温柔地陪我走了这么一段，我会很想你的。一切顺利、平安、富足。

再见。

我是我更好的明天

"唉，你是不是少给了我什么啊？"拼凑完她的故事后，我本来准备好要印一份给她的，但我发现她好像少给了我一些东西——他们分开的原因和始末。

"没有啊，缺了什么吗？"她在电话那头的声音听起来非常理所当然。

"你没有给我你们分开的原因，和分开之后的事情。"

"嗯……这个我可能没有办法给你。"

"为什么？"我皱起眉。

"我当时写的原因，是我当时感觉到、自己想象的原因，后来我写的原因，也是用我后来的感觉去想象的原因。"她长长叹了一口气，"有时候两个人分开，顺着的是缘分，折腾的是彼此呢。"

她说，我们身上的每一个故事都只会发生一次，但我们能在每一次想起的时候都给它们不同的解释，所以，再多问、多说，又有什么用呢？以后的想法还是会变的，也许现在觉得后悔，五年后就觉得没什么了；也许现在感觉到的委屈，十年后就变得万分感谢了。

我追问了好几次，总要不到一个答案，又或是，这其实没有答案，所以她才没有办法准确地回应我。

"那段时间，我几乎没有办法再写日记了，所以我没有写。"

"可是，到底发生了什么呢？"

"我们常常给幸福很大的空间，却忘了也要给悲伤空间啊。"

"你……是不是还很在意他？"

"说不在意是骗人的，但说很在意也没有，总之是不爱了，爱退一步是在意，在意退一步是怀念，怀念退一步是云淡风轻。这条路我正走着呢。"她说完后，我们又聊了几句便挂了电话，于是我知道，这辈子我可能是问不到答案了。

我把日记排好序后，才发现信封里还有一张我漏掉的纸，那是一张像书签一样的小卡片，上面仍是她手写的一段话：

很想念一个人的时候，世界会变得很小，思绪会变得很满，再也看不进细雨和黄昏，脑海里除了你的耳朵、你的眉毛，还有你的眼睛，甚至鼻子边都是你的味道。世界变得好小，小到我一闭上眼，你就会出现。

也许，她是这样想的吧，这辈子我们只会单纯一次，却可以爱不止一回。这一次尽全力去爱、去伤、去别离，那么下一次，至少还记得尽全力的感觉，至少还可以再勇敢爱一次，至少这一回到最后，都没有对不起自己。

Chapter 3

以家为根

当我们老得只剩下彼此

"在生命里，第一次是经历，第二次是回忆，
第三次则是忘记。"

我们之间，最多的相处便是沉默。
虽然再也不需要完全地相互依赖，
但我们始终相爱。

跷跷板

跷跷板上的彼此
永远都不会是等值的，
可是有一边永远会
为了另一边的快乐而努力。

我不小心忘记带家门钥匙，在家附近的公园等待，看见了玩跷跷板的母女，女人拿着手机，女儿四处张望。

"妈妈！"

"……"

"妈妈你不要看手机好不好？"

"嗯？"

"妈妈，你跟我说话，我们玩跷跷板，然后，说话，一起玩，要说话。"

我从手机影像中看见女人愣了愣，收起手机，然后我身后的女人没有再拿出手机。在很多国家，高中生经过的路旁，父母陪着女儿童言童语，初中生、高中生冷眼看着他们，然后冷眼经过。

其实跷跷板上的彼此永远都不会是等值的，可是有一边永远会为了另一边的快乐而努力，这便是母亲。尽管她知道有一天你也会像这些初中生、高中生一样渐渐和她变得陌生，不再要她和你一起玩跷跷板。

亲爱的小妹妹，长大之后千万要记得，她也会像你现在一样，希望你能抬起头，跟她说说话。

温柔与暴力

女孩在操场上找到了她的鞋子，
她看了看上面的字，
然后把它穿上，
没有流泪，也没有说话。

同学在女孩的鞋跟处写了几个字，女孩在操场上找到了她的鞋子，她看了看上面的字，然后把它穿上，没有流泪，也没有说话。她一个人走到校门口，男子站在车旁边等她。她快步走上前，牵起了男子大大的手掌。

只要载着女儿，男子的车速就会比平常慢。男子把女儿接回家，女儿在玄关处将鞋子脱去，鞋头朝外地放进鞋柜。男子跟在后面，没有注意女儿的鞋子。女儿深呼吸，再一次牵起男子的手。女子听见脚步声，走向门口，上前牵起女儿的手，女儿没有松开男子的手，走在男子与女子中间，一点点笑容。她把女儿带到餐桌边，才松开女儿的手，替女儿卸下书包。晚餐后女儿在书房里写作业，男子在客厅里看电视。女子问男子今天的车况，男子含糊回答，接着她问女儿回家的路上有没有特别说什么，男子摇头，于是她又问要送女儿什么生日礼物，男子没有说话。

她拿起抹布和清洁剂走到玄关，拿出女儿的鞋子，将鞋子后面的字擦拭干净。

隔天，男子一如往常地在女儿睡醒前轻轻地亲吻女儿的额头，女儿揉揉眼睛，咧嘴笑了笑，眼睛眯成弯弯的月亮。男子问女儿想要什么生日礼物，女儿摇摇头。女儿牵起男子的手，走到餐桌边，将两碗稀饭中的一碗推到男子面前，拉着男子坐下，然后走到浴室，拿起了小一号的牙刷，挤上草莓口味的牙膏。女子从厨房里走出来，问男子要不要给女儿买双新鞋，男子摇摇头，说："没必要吧，她的布鞋才刚买没多久。"

女子将荷包蛋放进男子碗里，给了男子一千元。

"给女儿买双鞋吧。"她说。

长大后，
只要你不说，
就不会有人知道你受过伤。

牧童遥指杏花村

他们的故事，
也是你的故事；
始终是写故事的人
最明白角色的难挨。

是不是总要倾盆的眼泪，才能看见自己对一个人的不在乎多在乎？怎么以前能把委屈递给他，现在他倒成了你的委屈？

"紫色矮牵牛的花语，是断情。"

清明时节，你在小山坡的栅栏边，第一次，没有摘下你倾心的花，因为你发现，这一片绿叶里，竟只有一朵牵牛花。

那天的太阳很大，你穿着有点脏的白色布鞋，你突然想起来，他总会知道你喜欢什么款式的鞋，可是也无所谓了，这双鞋是你用自己存的钱买的，你知道他再也不会给你买鞋了。你从山坡下往上看，他们在满头是汗地清扫墓园，你赶紧跟过去，没有说话，你知道多早都算迟到，因为你从来不知道该如何主动问好。

他来的时候刚好要上香了，你一直在想，这绝对不是刚好，而是一种无可奈何地逃脱，却逃脱不了。他还是得来的，毕竟这土里葬的是他的母亲、你的祖母。可他却再也无法笑得自在，于是干脆不笑了。你猜想，是这样的吧。

他是一个既复杂又简单的人，你总喜欢这样形容他，那让你无法恨他，却又无法放心地去爱他。于是他的复杂与简单，顺理成章地成就了你的矛盾，而所有的矛盾，似乎都允许沉默，于是你们之间，最多的相处便是沉默。

"这给你一包带回去。"祖父递给你一大包桑葚，你接过来。你露出你的招牌笑容。你以为这样的笑容可以盖过很多的不堪，可以泯过他们的恩怨，可是你忘了，他们的故事，也是你的故事，于是他们的轰轰烈烈成了你的跌跌撞撞。

你始终说不出口："我想留下来吃一顿饭。"

"走吧。"他说。他不愿见的，你不会去勉强，因为你知道他的难处。也许有时候不是难处，而是爱面子过了头，于是所有的误会只能到了浅得看不见颜色，还始终隐隐发痛。

你跟着他的脚步，打开黑色的铁门，突然明白，在他身上没有所谓的云淡风轻，因为每一件往事都让他沉重得难以负荷——好像他从来没有做对选择。

你埋怨过很多次，他们的分离；你也原谅过很多次，他们的亏欠。就算这是亏欠，也无须偿还，因为你从不想追究。他和她在你十九岁的时候签了字，离了婚。那是一个你正犹豫要不要相信爱情的年纪，你早已经放下奋不顾身投奔的痴傻与青春。

任何一个人，都无法明白你的失去

今年的你刚满二十五岁，已经哭到不想哭了，也倾诉到不想再倾诉了。因为任何一个人都无法明白你所失去的对你而言是多么珍贵的日常。他们总说，你会再次拥有你所想要的，跟不同的人，在不同的地方，你会拥有的，你值得拥有。然后你才一次又一次确认，你始终活得矛盾得令自己作呕，你叨念的失去，其实早已经不想要了。因为失去太难承受，于是眼泪可以名正言顺地由不得你选择，于是你清楚自己的低潮与煎熬不该由任何人替你分担，因为始终是写故事的人最明白角色的难挨。

"我知道这是一份断不了的情，尽管摘下千百朵牵牛花，在记忆的坟前求饶得泣不成声，他始终是我的源头，好的、坏的，都映着他的影子。"你不想知道自己是鼓起了多大的勇气，才能这么真实地说起这个故事。但越真实地把故事说完，心里越是舒坦。

你走下山的时候，把一颗颗小石头踢下山坡，一颗滚走了换下一颗，不厌其烦。你想，如果眼泪也能这样被成长逐出记忆之外，是不是就不会活得那么辛苦？可是，背着越来越重的故事，谁不辛苦？

有人说，哭一次，忘一次，可你却是，想起一次，哭一次。在你心里，眼泪与忘记无关，那只是一种情绪的释放。

"这样就会好一点了吧，故事就是这样，说一百次，有一百种版本、一百种心情，每一种都是为了安慰自己，不管有没有效，回忆本来就是一种人们与生俱来的疗愈方式，有时候刺痛，有时候平静，却都悄悄地证明了我们存在过，让我们眼泪有个地方可以去。"

你在杏花村里酌了一杯清水，你说，好苦，可是好干脆。这就是眼泪。

是不是总要倾盆的眼泪，

才能看见自己对一个人的不在乎多在乎？

有效期限

他不明白，
为什么感情没有价位，
却有着有效期限。

年初一，他回母亲家打扫。父亲和母亲离婚两年了，那年他十七岁，一知半解却横冲直撞的岁数。

母亲有个柜子，她说是存干粮的，里头的东西都别丢，干粮可以放很久。

维力炸酱面的炸酱一罐，牛头牌沙茶酱两罐，梅精一瓶，健康面条四包，南瓜浓汤汤包一大盒，松饼面粉一包，醋酸柠檬六包。

他坐在小板凳上一瓶一瓶检查。

有效期限两年，2012.09.27；有效期限两年，2012.05.07；有效期限三年，2013.07.14；有效期限一年，2011.09.23；有效期限三年，

2010.11.25；有效期限两年，2012.03.15；有效期限五年，2013.10.20。

啊，都过期了。一瓶一罐都留不下来。

五年前，这间房子里住着四个人，两大两小。五年后，他不明白，为什么感情没有价位，却有着有效期限。

啊，都过去了。一滴眼泪都流不下来。

你影响不了世界的运转，
就像世界无法影响你的真心。

最重要的小事

爱不会让一个人
变得完美或崇高，
但是不完美的我们
总是竭尽所能地去爱、去付出。

他很少看见他的母亲哭，他的母亲是一个很美丽的女人，甚至可以说是她的坚韧强化了她的美丽。

他说，今天是母亲第一次觉得父亲老了。

"我哥要载我爸出去，她站在那里看着这一幕，她说，她没想到她的大儿子已经有了这样成熟的样子，看着我爸在后面跟上，她忍不住眼眶泛泪，他老了，真的老了。"

我们聊了很多关于父亲的故事，有恩有怨，我们的感受几乎要重叠。但这一次，我再也没有高谈那些对于父亲的感恩与怨怼，他也没有。

"哎，我终于发现了一件事，其实我们的父母，并不会因为为人父母就突然变得完美，应该说根本没有一对父母是完美的，但我们很幸运，他们都很努力在爱我们。不完美的他们，爱着不完美的我们，因为不完美，所以难免彼此埋怨，但也因为有爱，所以得以彼此宽容。我突然觉得这是一件很感动的事，因为我们再也不是拿'我爸（妈）怎么可以这样，都已经是大人了，怎么还会做这种事'来要求父母符合我们心里的期待，就像父母曾经或多或少也用他们的期待来要求我们一样。现在的我们，明白没有谁应该要为谁变得完美得无懈可击，因为我们都是人，其实我们都一样。而父母很早很早就知道这件事了，所以他们尽可能地给我们最好的示范、最好的一切，希望我们成为最好的人，这就是父母。还好，还好，在我们突然发现他们老了的时候，我们也意识到自己又长大了一点，虽然只有一点点，但已经渐渐地开始彼此感谢。"

原来爱不会让一个人变得完美或崇高，但是不完美的我们总是竭尽所能地去爱、去付出。这是对于一个家，最重要的小事了吧。

我　们

我们再也不需要
完全地相互依赖，
但我们始终相爱。

我们终究是比父母单纯，却也比他们复杂。

时代淘汰着时代，我们能懂得很多，也很少，我们无法厘清他们是如何变迁的，有时候甚至也无法厘清自己的，于是紧密的血脉变成了一种抗衡时代倾斜的调解剂，那让我们得以透过父母的眼光衔接很久以前的社会氛围，也让父母透过我们的眼光逐渐理解此刻的世代是如何变化与运作的。

有人说，父母与孩子最疏离的那一刻，是孩子发现父母再也不是他的天，而父母也发现自己再也不是孩子的天了。我们再也不需要完全地相互依赖，但我们始终相爱。

是这样的吧，当我们开始在彼此的眼睛里看见比自己单纯和比自己复杂的东西，表示我们正在成为与父母一样的大人。

但自始至终，我们都存在在彼此那里啊，爱也好，恨也罢，我们都存在在彼此那里。

（就像我下不了你曾弯腰踏过的水田，你上不了我好不容易来到的摩登大楼，都是你给的，同时也是我自己挣来的。我是你的，也不是你的。你是我的，也不是我的。我们就是我们啊，我们就是我们。）

我们终究比父母单纯，
也比他们复杂。

母亲的星期五

我们与父母，都拥有自己独立的人生，

不因为拥有彼此而受限，

反而因为彼此的存在更加勇敢。

很久才回家一次，久到回家像一趟小旅行。

母亲很省，总是在星期五加油，因为星期五加油的点数加倍，集来的点数可以换一些日用品；她爱喝咖啡，总在星期五买好几杯85℃的招牌咖啡，然后寄杯，每天上班顺路去拿。

母亲以前很念旧——父亲留下来的东西，或是从她的青春里带来的信件，有时候我会觉得，我的念旧无关乎星座（人们都说巨蟹座念旧啊），而是来自母亲吧。

我曾为此与她争执过好几次，我不喜欢东西乱糟糟的，我喜欢的不只是干净得整齐，还要简单得整齐，像我的衣架全部是同样的颜色、同样的样式，衣服要折成正方形，起床不折被子会不舒服，等等，说我有强迫症也好，但我心底明白这是来自父亲。

> 我们习惯把自己看得太伟大，
> 再把自己看得太渺小。

带着父母的影子，活得却比他们复杂

这次回去，我很讶异，原本凌乱的客厅干净了也整齐了，虽然当我打开和室的门发现原来她只是把客厅的东西都移进去了，但我还是很高兴，因为纸箱是一个个叠好的。我相信她也在改变着，在父亲离开以后，在我们激烈争执以后，她也在学习成为一个独立的女人。

很多人说，看父母现在的样子，就是我们以后的样子，我是相信也不相信的。因为我们除了父母，还会与世界摩擦；而父母除了原有生活，也会与我们碰撞。

虽然渐渐地，有越来越多的时候，我们发现父母再也不是万能的了，甚至当我们感到困惑时，第一个想到的不再是他们；有越来越多的时候，会觉得自己承袭着他们的好坏，带着这些影子却活得比他们复杂。

然后更久之后，我们才明白，这一点关系也没有，这就是生命的有限传递与无限未知，我们与父母，都拥有自己独立的人生，不因为拥有彼此而受限，反而因为彼此的存在更加勇敢。

父母像画布上的一个点，由我们散成自己选择的经典，时而羁绊，时而陪伴。

我想，所有的变迁母亲都收在心底，丈夫忽远忽近地离去，孩子慢慢长大却眨眼间疏离，接着母亲发现人生是自己的，如果说旅行是经历那些让我们有悸动的事，那么母亲一定是从很多地方回来的疲惫女人，她在自己的屋檐下休息了很长一段时间，然后开始整齐地、干净地收拾家里，收拾记忆，虽然记忆永远复杂得让人耗费心神。

这一次回家，和以往很不一样，虽然像旅行，却是带着一直在进步、在变动的自己，我们也许正要往不同的地方去，可是每当回过头，我们都在那里。

母亲一定也知道，我们都只是深爱对方的旅人，在这偌大的世界里我们遇见了，一起生活了一些日子，然后带着对方的温暖继续上路，这一路都勇敢了。

妹妹说她想喝药炖排骨，于是母亲买了七百块钱的排骨，炖了一整锅，幸运的我巧合地在星期五也一起参与了。在回台北的路上，我觉得很平静也很幸福，这就是漫漫旅途中的家和家人吧。

我们都只是深爱对方的旅人，
在这偌大的世界里我们遇见了，
一起生活了一些日子，
然后带着对方的温暖继续上路。

图书在版编目（CIP）数据

你是你最好的明天 / 张西著 . -- 北京：北京联合
出版公司，2019.10

ISBN 978-7-5596-3526-6

Ⅰ . ①你… Ⅱ . ①张… Ⅲ . ①随笔 – 作品集 – 中国 –
当代 Ⅳ . ① I267.1

中国版本图书馆 CIP 数据核字（2019）第 175504 号

北京市版权局著作权合同登记 图字：01–2019–5090 号

你是你最好的明天

作　　者：张　西
责任编辑：昝亚会　夏应鹏
特约编辑：王周林
产品经理：穆　晨　范　榕
封面设计：A BOOK STUDIO 葡萄 Design 461084
内文排版：杨莉芳

- -

北京联合出版公司出版
（北京市西城区德外大街 83 号楼 9 层 100088）
北京联合天畅文化传播公司发行
天津光之彩印刷有限公司印刷　新华书店经销
字数 122 千字　880 毫米 ×1230 毫米　1/32　8.5 印张
2019 年 10 月第 1 版　2019 年 10 月第 1 次印刷
ISBN 978-7-5596-3526-6
定价：52.80 元

- -